◆◆ 中国文学名家小小说精选丛书

两支银凤钗

程思良　著

江西高校出版社
JIANGXI UNIVERSITIES AND COLLEGES PRESS

南　昌

图书在版编目（CIP）数据

两支银凤钗 / 程思良著 . -- 南昌 : 江西高校出版
社 , 2025. 6. -- (中国文学名家小小说精选丛书).
ISBN 978-7-5762-5522-5

Ⅰ . I247.82

中国国家版本馆 CIP 数据核字第 2024ZL3673 号

责 任 编 辑　曹　莉
装 帧 设 计　夏梓郡

出 版 发 行　江西高校出版社
社　　　　址　江西省南昌市新建区工业二路 508 号
邮 政 编 码　330100
总 编 室 电 话　0791-88504319
销 售 电 话　0791-88505090
网　　　　址　www.juacp.com
印　　　　刷　鸿鹄（唐山）印务有限公司
经　　　　销　全国新华书店
开　　　　本　650 mm×920 mm　1/16
印　　　　张　13
字　　　　数　160 千字
版　　　　次　2025 年 6 月第 1 版
印　　　　次　2025 年 6 月第 1 次印刷
书　　　　号　ISBN 978-7-5762-5522-5
定　　　　价　58.00 元

赣版权登字 –07-2024-1019

目 录
CONTENTS

第九辑
素素传奇

第一辑 风雅流韵

◀ 旗亭画壁

　　黄昏的天空飘着微雪。伫立客栈的窗口，望着盈盈飘雪，王之涣蓦然想起，好久未与王昌龄、高适相聚了。是该聚一聚了！对于诗人来说，以雪佐酒，是再好不过的由头。

　　他们饮酒，醉意盎然之际，总要为谁的诗写得最好而争得面红耳赤。俗话说，老婆是别人的好，文章是自己的好。能不争吵么？他们三位都是大唐诗坛响当当的诗人，谁会甘拜下风啊！

　　想着想着，王之涣的脸上突然露出微笑。他叫来客栈的老板，给了他一些碎银，让店老板叫伙计们去请他要请的人。

　　一个时辰后，王之涣与王昌龄、高适出现在旗亭，这是他们最爱盘桓的饮酒赋诗之处。

　　三位诗人在旗亭的一角落座，推杯换盏，赏雪赋诗，逸兴遄飞。酒至半酣，一群梨园伶官突然嫣声笑语地相拥而来，竟然也是到旗亭举行宴会。三位诗人的高谈阔论乍然停息，他们不时地睃一眼这些珠裹玉饰、笑靥如花的佳丽们，然后心照不宣地互相对视一眼。他们清楚，这些技艺高超的佳丽们，在酒过几巡后，是不会不技痒的。

果不其然，不久，便有几位伶官按捺不住了，操起携来的琵琶、焦尾琴、笙、箫与羌笛。在众人的注目中，四位风姿绰约的女郎整顿衣裳起敛容。显然，她们是准备献歌了。

王之涣呷了一口酒，不紧不慢地对两位老友说："二位兄台，我们在诗坛上都很有名，争了无数次，可从没有分出个高下。这次嘛，换个方式比，看这四位女郎唱谁的诗多就算谁最高明，如何？"王昌龄、高适抚掌颔首，欣然赞同。

优美的古琴声悠悠扬起，如行云，似流水，将雪夜的旗亭渲染得诗意氤氲。三位诗人紧张地等待着。

一个高髻女郎轻启玉唇："寒雨连江夜入吴，平明送客楚山孤。洛阳亲友如相问，一片冰心在玉壶。"王昌龄得意地说："我一首！"立即在墙上划了一横记着。

乐声忽变，缠绵而忧伤。这时，那个柳叶眉的女郎唱道："开箧泪沾臆，见君前日书。夜台今寂寞，疑是子云居。"高适瞥了一眼王之涣，在墙上划上一横说："我一首！"

乐声再变，幽幽咽咽，舞幽壑之潜蛟，泣孤舟之嫠妇。那位生就两弯似蹙非蹙罥烟眉的文弱女郎唱道："奉帚平明金殿开，且将团扇暂徘徊。玉颜不及寒鸦色，犹带昭阳日影来。"王昌龄马上又在墙上划上一横，傲然地说："我两首了！"

王昌龄、高适都暗笑王之涣要丢面子了，王之涣却一脸平静，

第一辑　风雅流韵

他们感到十分纳闷。

王之涣突然说："刚才唱歌的这些女郎都上不了台面，唱的诗也是下里巴人之类。"他指着那位最令人心荡神迷的梳着双鬟顾盼生辉的漂亮女郎说："且听她唱，若非我之诗，则一辈子也不敢和你们比诗矣！"

不久，那位最美的女郎轻移莲步，袅袅婷婷地来到旗亭中央，美目盼兮，巧笑倩兮，喧哗声顿时止息，惟闻亭外籁籁雪嘶。悲凉的羌笛声忽起，女郎神情突变，眉似秋山目盈愁，悲声唱道："黄河远上白云间，一片孤城万仞山。羌笛何须怨杨柳，春风不度玉门关。"正是王之涣的《凉州词》。

三人鼓掌大笑，将杯中酒一饮而尽。

子夜，客栈的一间客房，红烛高烧，瑞脑销金兽。紫罗帐里，双鬟女郎娇声莺语："郎君啊，旗亭上你导演的那场戏，俺演得如何？"

◂ 西施泪
·······················

　　她做梦也没有想到，在这个深秋的季节，王终于答应带她去河边狩猎。其实，对充满暴力与血腥的的狩猎，她毫无兴趣。只有她自己清楚，走出重门紧锁的吴宫，真正想去看的是什么。这是一个秘密，深隐内心那最柔软的部位。

　　王和将士们驰马弯弓，欢声雷动地追撵着猎物。然而，车帘后那双忧郁的美眸，却只在苍苍蒹葭、潇潇秋水、河心小岛上徘徊。她想起了那首风传天下的《蒹葭》："蒹葭苍苍，白露为霜。所谓伊人，在水一方！溯洄从之，道阻且长。溯游从之，宛在水中央……"她轻轻吟唱着，泪水潸然滑落，往事如烟漫卷心头。

　　多年前，在风景如画的诸暨苎萝村一条长满蒹葭的碧溪边，浣完几匹纱后，她对着清清溪流中的倩影出神。水中忽然幻现某个英俊后生的模糊面影。她揉揉眼，发现波动的水影里悬浮着一只俊美的青鱼，似乎正愣愣地看着她。许是过于忘情，那青鱼竟倏地跌到铺满斑斓鹅卵石的溪底，旋即匆匆遁去。她不由靥生红晕，又沉浸到翩翩浮思中。

突然，一阵急促的马蹄声将她那玫瑰色的白日梦驱散。当一袭白衣的他骑着白马渐行渐近时，她偷偷地回眸，心跳骤然加速。她清楚，那尾消逝在波光水影中的青鱼回来了！她低头继续浣纱。在她身后不远处的那棵歪脖子老柳树下，白马驻足踯躅。终于，她听到了他下马的声音。脚步声越来越近……她感到心仿佛要跳出胸口。

"姑娘是夷光吗？"一个动听的声音在身后乍然响起。

她一惊，羞红着脸抬起头，含情凝睇着眼前这位白衣飘飘的年青后生，她感到一丝眩晕："公子是——？"

自从无意中听人谈起这位佳人以来，在梦中，他曾无数次见过她的美丽。可是，他没有料到，面前这位叫夷光的女孩，比梦中的她更楚楚动人！他怔住了，许久，才回过神来，说："我是范蠡。"

河畔的萋萋蒹葭，见证着一段美丽的故事。此时，故事的两位主人公绝不会想到多年后那个凄绝的别离。

那个深秋的季节，夷光依旧在溪边浣纱。那熟悉的马蹄声再一次响起。然而，马蹄声带来的不是幸福的相会，而是一场永远也无法摆脱的噩梦。

山一重，水一重。故国雾朦胧，吴宫深深锁幽梦。多少次午夜梦回，多少次泪湿枕巾！我是谁？谁是我？我为谁？谁为我？我柔弱的肩头啊，怎能肩起江山社稷的重量？

南方来的大雁啊，能不能告诉我蠡的消息？深宫的花啊，你知道我的苦痛么？泪眼问花花不语。

日落长河了。王带她回宫，厚重的宫门又将她幽闭到没有阳光的世界。

就在这年十一月的一个傍晚，吴宫外突然响起四面越歌。她默默地坐在梳妆镜前，泪悄无声息地滑落。蠡啊，你终于要来了！

然而，迎接她的不是心上人，而是操着越音的披甲卫士。

子夜，一块青石带着她沉入江底……

她凄然一笑，就像一匹流动的轻纱。恍惚间，她又看到了那尾青鱼向她缓缓游来。

◀ 人面桃花

　　那天清晨，当他在庭院中散步时，蓦然发现，墙角的那株桃树已羞涩地吐出了一朵嫩蕾。年前才栽下的这棵小桃树，竟然开花了！他惊喜地打量着这朵娇艳的花儿。神思恍惚中，他隐隐听到了南庄花开的声音，那个让他魂萦梦绕的情影又浮上心头。

　　他来到马厩，牵出心爱的白马。出了长安城，他跃马扬鞭。在通往南庄的路上，一骑飞驰。

　　南庄，一个多么朴素的名字，然而，在他的眼里，却是多么富有诗意。倘若没有那一树树在春风中含笑的桃花，不，没有在桃花中含笑的她，南庄就只是南庄，一个普通的村庄。有了她，南庄便不是南庄，而是他心中的圣地。

　　去年今日，他骑着白马，到长安南郊踏春，信马由缰地赏景。都说长安南郊的春光分外妖娆，果然名不虚传。他勒住缰绳，拍着白马的脖子，慨叹道："寓居长安多年，竟然未游近在咫尺的如斯美景，平生还不知错过了多少胜景啊！"

白马似乎听懂了他的心意，抖了抖耳朵，长嘶一声，又继续前行。

感谢心爱的白马，将他驮到了桃花盛开的南庄。桃之夭夭，灼灼其华。置身花海，他怀疑自己是在梦中。

白马驮着他，向花海深处漫游，在春风花香中沉醉。白马忽然驻足，呼吸也变得细微。他顺着马首的方向望去，不远处，花树掩映中，一座黛瓦粉墙的庭院边，站着一位身穿绿裙、腮飞红云的窈窕女孩，正嗅着一枝开得最艳的桃花。

此情此景，令他如醉如痴，情不自禁地吟出一句诗："人面桃花相映红！"

听到有人说话，那女孩一惊，发现了骑着白马的他，慌忙羞涩地低下头，敛起裙裾，轻移莲步，袅袅婷婷地向半敞的朱漆大门走去。他的心中不由升起一丝惆怅。

他做梦也没想到，女孩入门时，竟朝他回眸一笑，然后，才轻轻地将朱漆大门关上。

他和白马，在门外徘徊了很久，很久……

突然，白马打了一声响鼻，将他的思绪拉回，才知已到了南庄。

庭院依旧黛瓦粉墙，桃花依旧艳艳。他将白马系在一棵葳蕤绽放的桃树下，整了整衣冠，径直向紧闭的朱漆大门走去。

走近时，才发现大门上挂着一把梅花对心锁。锁眼上已有锈迹，显然已好久未开了！他心下一紧，急忙顺着围墙绕到后院。后门上也挂着一把梅花对心锁，门边的粉墙上，还书有一首笔风娟秀的《秋风辞》：

秋风清，秋月明，落叶聚还散，寒鸦栖复惊，相思相见知何日，此时此夜难为情，入我相思门，知我相思苦，长相思兮长相忆，短相思兮无穷极，早知如此绊人心，何如当初莫相识？

他反复吟诵着《秋风辞》，泪水潸然滑落。

多年后，长安人去南庄看桃花，总要去参观那座人去楼空的老宅。在后院的粉墙上，仍能看到两首诗，笔风大异，一娟秀，一狂放。

狂放的是《题都城南庄》：

去年今日此门中，

人面桃花相映红。

人面不知何处去，

桃花依旧笑春风。

◀ 一笑倾国

血泪汩汩地从伤口流出，我知道，我的时间不多了！迷迷糊糊中，眼前幻现出你粲然一笑的妩媚面影，耳边，一个声音说："一笑倾国！"另一声音说："无悔，无悔……"

你太美了！你是上天赠给我的仙姝。国色天香这个词，只有你才配独享！如果用乐曲来形容，你便是那"此曲只应天上有，人间那得几回闻"的绝品！泱泱后宫，自从有你，三千粉黛无颜色。

然而，你，我生命中最珍爱的女人，却恒敛千金笑，长垂双玉啼。进宫这么多年，我从未见过你开颜一笑。为什么？为什么？要知道，三千佳丽见了我，无不如沐春风，灿若夭桃。可是，惟有你，才真正让我神魂颠倒啊！你知道么？

只要你愿意，我什么都可以答应，可以造酒池，可以树肉林，可以筑黄金屋，可以垒白玉台，哪怕是要天上的星星与月亮！为了看到你如花的笑靥，我甚至放下君王的威严，百般讨好你，击过瓦釜，翻过筋斗，学过驴鸣，仿过蛙跳与蛇行……可是，你依然面若冷玉愁眉不展。

是的，虢石父不是良臣，正如很多大臣对他的弹劾。然而，要不是虢石父的那个计谋，也许我永远都不能看到你的嫣然一笑。我赏他千金，有错么？不，赏万金也值得！

当骊山上燃起第一股烽火时，那是一个喜剧的开始，也是一个悲剧的开始。这是我所没有料到的。

君令如山！十万火急！骊山下，诸侯们带着浩浩荡荡的大军匆匆地来了，看着我亲手导演的这一兵荒马乱的荒诞剧。你粉面含春了，你忍俊不禁了，你终于绽放了！绽放出那摄人心魂的笑靥！身为天下的共主、大周的天子，我见过无数的笑，然而，没有什么笑比你灵光一闪的绽放更美丽、更消魂！那时那刻的你，花不足以拟色，蕊差堪状容。我亲眼目睹了什么是美的极致——最高的美是形美与神美的和谐统一！

受到戏弄的诸侯们，率领大军纷纷散去后，你又回到了从前。你知道么？我是多么想经常体验你那美的极致啊！于是，我情不自禁地一次又一次导演那荒诞的一幕……

我知道，身为一个君王，导演出烽火戏诸侯这一闹剧，必将载入史册，成为千古流传的笑柄。然而，假如我是一个普通人，为爱疯狂一回，会在历史的长河中掀起滔天巨浪吗？……

残阳如血。朦胧中，我看见在西戎兵押送的俘虏队伍里，一辆马车的帘幕悄悄掀开，闪出一张艳如桃李却冷若冰霜的脸。那不是你么，我的爱姬！我拼尽全身的力气想喊你的名字，可是，却已不能发出声音了。

这时，我看见你朝我冷冷地一笑，目光如淬毒之刀。这目光，跟多年前你被掳进宫见我时一模一样！

◀ 霸王别姬

埃下，夜凉如水，冷月高悬，朔气传金桥，寒光照铁衣，四面楚歌将夜的黑暗推向高潮。

中军大帐里，烛火摇曳，明明灭灭。霸王狂饮三大盏烈酒，深情地凝望着侍饮的心上人虞姬。望着望着，他的心中万语奔腾。然而，他想开口倾泄，竟不知从何说起！

"王兮！"虞姬轻轻地唤道。

在这烛影明灭的残夜，这柔情似水的一声轻唤，为霸王澎湃的心潮打开了喷涌而出的闸门。霸王紧握着空空的高脚青铜酒盏，慷慨悲歌："力拔山兮气盖世，时不利兮骓不逝。骓不逝兮可奈何，虞兮虞兮奈若何！"

虞姬默默地凝望着霸王，泪潸然滑落。

"虞兮！"

"王兮！"

四目相对，无语凝咽。大帐外，伤兵的哀号汹涌如潮。

两支银凤钗

漏下三更，那高一声低一声的更声，如饮血之刀。

虞姬从恍惚中惊醒，她悄悄拭干腮边的泪水，梳理了一下云鬓，款款起身，轻移莲步，来到大账的中央，轻甩长长的水袖，对霸王粲然一笑："王兮，奴妾为王舞一曲。"

没有歌乐，惟有舞的灵动，像云一样柔，像风一样轻，像梦一样幻，是优美的诗，是生动的画，是正在绽放的花……霸王怔怔地看着，眼前幻现出戎马倥偬的岁月里那些春暖花开的日子。

当虞姬舞到霸王身边时，忽然拔起霸王腰间的剑，矫若惊龙地舞着，舞着……大帐里，烛影幢幢，剑气纵横。

霸王惊诧地看着虞姬的剑舞。他从未看过不胜娇羞的虞姬舞剑。在霸王心里，虞姬便是那肌肤若冰雪、绰约若处子的藐姑射仙子，静似娇花照水，动若弱柳扶风，焉能舞那充满血腥之气的剑！剑，从来只属于男人。霸王做梦也没有想到，他的虞姬，竟然也能将饮血之剑舞得如此高妙！

突然，虞姬回眸一笑，反手一剑……

一朵绝世的花，在乍然绽放后，凋谢了！凋谢在心上人的剑下。

"虞兮！"霸王竦身跃起，纵声长啸。男人有泪不轻弹，只因未到伤心处。兵败如山倒，他没有流泪！败退垓下，穷途末路，他没有流泪！然而，此时此刻，他，西楚霸王，泪下顿如倾盆雨！

翌日，垓下血流成河。生当作人杰，死亦为鬼雄。在乌江，英雄以英雄的方式谢幕。历史翻开了新的一页，但翻不去的是那惊心动魄的生死之别！

◀ 春梦
....

　　春分那天午寝，兰小姐睡得分外香。午睡起来后，她对着那面圆圆的小铜镜，怔怔地看着镜中的自己，蓦然想起梦里的那个面影，粉嫩的脸上倏地飞漾起两朵红晕。她匆匆梳洗一番后，将丫头春香支走，便一手拿着绣着荷花的绢丝小团扇，一手握着那册不知道翻阅过多少遍的泛黄诗卷，袅袅婷婷地踅入后花园。

　　每当兰小姐有心思时，她都要到后花园里来散心。有些心思，她可以向园中的那座假山说，向那弯月牙形的小石桥说，向那株歪脖子老柳树说，向那树妖娆绽放的桃花说，向池中悠然来去的鱼儿说，但她却不能跟人说，父母不能说，春香也不能说，那是她内心深处的秘密。

　　园中好一派旖旎春光，但见芳草萋萋，柳丝飘逸，百花争妍，蜂飞蝶舞，池水微澜，荷叶田田，鱼翔浅底。兰小姐刚在水边的凉亭敛裾落坐，亭边的那棵老柳树上就飞来一只美丽的黄莺，平平仄仄地婉转唧啾着。兰小姐静静地聆听着这优美动人的莺啼，听着听着，那个模糊的面影又浮上心头。她向四周偷偷地看了一眼，确信园中无人后，便一边轻摇团扇，一边翻阅诗卷。当翻到那首她再谙熟不过的诗时，她的心跳骤然加快。她一遍又一遍地默诵着那诗，读着读着，不由意动神摇。

月夜，女扮男妆的兰小姐和春香带着金银细软，蹑手蹑脚地来到后花园的那座侧门边，悄悄打开那个梅花对心锁，闪出门外。兰小姐回望了一眼这座她从没有离开过的飞檐翘角雕梁画栋的庞大庭院，突然泪流满面地跪倒在地，向父母居住的东厢房连磕了三个头。两个瘦弱的身影，闪闪摇摇地消失在茫茫月色里。

山一重，水一重。花开了，花谢了……

辽西，金戈铁马，烽火连天。一位白马将军在万军之中纵横驰骋……

"功名只向马上取，真是英雄一丈夫！"兰小姐情不自禁地赞叹。

"小姐，你在说什么？谁是英雄一丈夫？" 春香的惊叫声将恍惚中的兰小姐惊醒。她倏地合上诗卷，故意嗔道："疯丫头，看你一惊一乍的，将来谁敢娶你。"

春香盯着兰小姐手里的诗卷，明知故问道："小姐又在读诗么？读的可还是那个什么怨？"

"死丫头，又乱嚼舌头，看我不打死你。"兰小姐扬起手里的诗卷，起身假装着追打春香。那柳树上的黄莺被惊飞了。望着越飞越远的黄莺，兰小姐的心里陡然升起一丝惆怅。

兰小姐读的是唐代诗人金昌绪的《春怨》："打起黄莺儿，

莫叫枝上啼。啼时惊妾梦，不得到辽西。”

　　一个月前，兰小姐从会客厅边那座高大的屏风后走过时，隐约听到父亲和一位世交在说“辽西”“将军”“门当户对”的话。

◀ 美人计
·····················

月悬中天，清光流溢。洛阳城里的一座大宅的庭院内，一位肤如凝脂的绝代佳人，轻敛绮裙，焚香拜月，喃喃自语："皓月啊，你虽清白，却不知我们老爷的烦恼啊！苍天啊，你虽深邃，却不辨忠奸，让逆贼当道！我虽然只是老爷的婢女，愿为老爷分忧，万死不辞！"天心的月儿，羞愧地隐到一片淡云后。

"你说要为我分忧，此话当真？"一个苍老的声音在身后乍然响起。

女子一惊，慌忙起身，对一脸愁容的老主人说："奴婢愿为老爷分忧！"

"那你能助我讨国贼，杀董卓吗？"

"只要老爷信得过奴婢，奴婢愿肝脑涂地。"

老主人听后，默默无语。突然，他扑通跪倒在这位绝色婢女面前……

当骑着赤兔马的英俊将军被请进一座大宅时，他不会想到，意外窥见的那位闭月羞花的女子——当朝司徒的义女，在雕花屏风后的回眸一笑，让他如此魂牵梦萦。

将军开始频繁地造访这座充满魅力的大宅，那屏风后的环佩叮当，娇声笑语，让他意动神摇。司徒跟他说了什么，他听了，但什么也没有听到。

那天，将军来到大宅，司徒外出访友了，他立马踟蹰了片刻，还是下马了。他径直来到会客厅，呆呆地坐在太师椅上，眼不时地向屏风那边睃。忽然，屏风后传来细微的环佩声。他眼睛一亮，呼吸不由急迫起来。稍稍犹豫，他悄悄起身，向屏风后走去……

那夜回府后，将军一夜无眠，眼前反复浮现的是心上人那风情万种的妩媚面容，耳边低徊的是心上人那迷人的莺声燕语。

有一天，当将军来访时，心上人竟然没有出现在屏风后。当得知真相后，将军紧握的拳头青筋暴突。

三个月后，将军在他经常造访的另一座深宅大院里，终于又见到了心上人。面对心上人梨花带雨的哀哀哭泣，将军的心在沥血，然而，除了愤怒，他又能做什么呢？他能挑战么？

是夜，倚在一位老男人怀里的佳人，突然一脸委屈地望着老男人，轻轻啜泣……

不久，老男人在凤仪亭里，亲眼目睹了他的心腹爱将纠缠他的女人，他拔出了剑……

次日，司徒王允郑重地向大臣们宣布，董卓老贼死了，死在吕布的方天画戟下！

在键盘上敲完了上述文字后，我打了个哈欠，和衣倒在床上午寝。不久，我就沉沉睡去。

"你不能这样写我，这不是事实。"一个幽怨的声音在耳边响起。

我揉了揉眼，眼前是一位婷婷玉立裙带飘飘的美丽女子。这不是我昨天在那个古代名画展中见过的四大美人中的"闭月"吗？

我邀请她坐下，说："那事实是什么？"

"都说我在欺骗将军的一片深情，不是这样的。为了报答主人对我的深恩，当初我的确是愿意按主人的计谋行事的。然而，当我第一次与将军四目相对时，将军那深情的凝望一下子俘获了我的心。那回眸一笑，便是我发自内心的回应。那一刻，我想，我得改变计划了。"她说。

"你不是没有改变计划吗？"我惊诧地说。

"不，义父的计划不是这样的。那天，义父去会友，他叮嘱我不要到屏风后去。我去了，不但去了，还与将军在后花园的树影花香中相依相偎，互诉衷曲，立下海誓山盟。"

"所以，你的义父知道后，为了避免节外生枝，匆匆将你许给了那个老贼？"

她神情黯然地点了点头。

"那你后悔吗？"

她摇摇头，复又点点头，泪潸然滑落。

"可是，既然你爱着将军，为何还向老贼告密？"

"没影的事，这都是你们这些文人胡乱编造的。假如你深爱着一个人，你会伤害他吗？义父是让我离间将军与老贼的，但我有我的方式。"

"你的方式？"

"是的！将军经常到老贼的府上来，我偷窥将军，见他形容越来越憔悴，我心如刀绞。我想，我得赶紧采取行动。那天，从老贼口中得知将军又要来。我精心打扮一番，第一次主动提出要陪老贼在凤仪亭饮酒。让老贼摒退身边侍卫后，在酒中，我偷偷地放入迷药。"

"那后来呢？是谁杀死了老贼的？"

"等会你就知道了。当将军来到凤仪亭后，我从袖中掏出锋利的剪刀，指着昏迷不醒的老贼对将军说："将军啊，有他无我，有我无他！"将军稍稍踌躇，举起了方天画戟……"

第二辑

心灵点击

◀ 九双棉布鞋

　　每年，当第一场霜覆盖白云寨的时候，七奶奶就会搬个小马扎，坐在院中的老槐树下纳鞋底。纳得久了，七奶奶也会歇一歇，用手理一下被风吹得有些凌乱的白发，然后，便会抬起头，静静地望着老槐树上的那个喜鹊窝。

　　七奶奶尤其喜欢黄昏时的情景。老槐树上的那一大家子，七嘴八舌，叽叽喳喳，热闹极了。七奶奶想，是在说外出见到的新鲜事吧，或是在商量着什么……想着想着，七奶奶的眼里便会湿起来。用衣角将泪拭去后，七奶奶总会发一会儿呆，才收拾起针线，拎着小马扎，快快地往屋里走。

　　进入腊月后，七奶奶院中的那块青灰色条石上，便会晒起棉布鞋。一溜儿排开，有大的，有小的，颜色各异。今年，条石上已排满八双了。常来串门的李奶奶依稀记得，前年晒的是三双，去年是六双。

　　年关一天天逼近，白云寨中越来越多的屋顶上升起了袅袅炊烟。到七奶奶家串门的人也骤然多起来。七奶奶仍坐在老槐树下，一边飞针走线，一边与来人拉家常。

腊月二十五日那天，荷花终于拨通了哥哥的手机。

"哥，回家过年吧？明明都三岁了，还没见过奶奶呢。"

"看情况再说吧。虽说年关了，公司里的事儿却不比平时少。单说到一些重要单位的走动，就得我亲自出马啊！哪一尊神也得罪不起。"

"嗯。"

"妈还好吗？"

"身子骨还算硬朗。只是——哥，你们今年该回来过个年了。"

"嗯，我们尽量赶回来。不管回不回，我明天先寄点钱，叫妈多买些年货。"

"妈说不缺钱的。"

"我长期不在家，家里就妈一个人，你要常回家看看。"

"嗯。知道么，我现在就在家中呢。你猜妈正在院子里忙啥？"

"忙啥？"

"坐在老槐树下做棉布鞋哩。已做好两双了，正在赶第三双。"

"叫妈千万别做了！几年前，她的眼睛就不太好使了。乡亲们都知道我在外面开公司，人家会咋想？明天，我就叫你嫂子给妈寄双暖皮鞋。"

"妈不会听劝的。她已连做两年了，去年和前年做的六双棉布鞋还是新的，加上今年的，就是九双了。"

"咋做这么多？"

"为你、嫂子和明明做的。"

"我们不穿棉布鞋了。大商场里到处都有暖皮鞋卖的，又好看，又暖和。"

"哥，你真胡涂！咋就不懂妈年年做鞋的心思哩？记得小时候，每到过年的时候，妈都会提前给我们做棉布鞋。大年初一，让我们穿上新鞋子，欢欢喜喜过新年……"

院子里，七奶奶不知何时停下了手中的针线活，呆呆地望着光秃秃的老槐树上的喜鹊窝。

那窝儿在风中微微晃动，仿佛晃动的摇篮。

◀ 后娘

1938 年秋天的一个黄昏，荷花右手挎着一个塞满了衣物的大包袱，左手牵着四岁的狗蛋，背上背着八个月大的妞妞，走进了蛤蟆坳的大牛家。没有迎亲的鞭炮，也没有大红喜字，迎接荷花的，是站在柴门外的大牛与他怀中的女儿——还在襁褓中的苦丫。

苦丫命苦，娘生她时，大出血，走了。有人劝大牛，将苦丫送给不能生养孩子的人家，娃儿幸许还能活下来。大牛在床上折腾了一夜后，下定决心，要自己将苦丫带大。不然，对不起苦丫那死去的娘。大牛将家中仅有的三升糙米都留给苦丫，熬成粥汁，一口一口地喂。下地时，他不放心苦丫，硬是背着苦丫去干活。大牛既当爹又当娘，一把屎一把尿地带着苦丫。个中艰辛，无法言表。乡亲们看了，都叹息。就有人说："大牛，你这日子过的，太苦了，还是再找一个吧。"

大牛苦着脸说："我这个样子，有谁愿跟我受罪啊？"

"我倒认识一个寡妇的，真可怜啊！老天真是瞎了眼，这么好的一个女人，命却这么苦！七个月前，男人挑着一大担山货，去山那边的羊驼镇上赶集，过惊魂崖时，脚下打滑，连人带货都掉下去了。在崖下找到时，唉，早没气了！她的年纪比你大三岁，其实，大点也没啥关系。俗话说，女大三，抱金砖么。麻烦的倒是她还有两个尾巴的，一个四岁了，一个才八个月。不过，她真的很贤慧，乡亲们都这样夸她。"那人望着大牛，接着说，"大牛啊，就这么个女人，不知你肯不肯？"

"我想一想。"大牛说。

"好的，想好了给我捎个话。"那人说。

大牛重重地点了点头。

三天后，大牛回话了，说是希望苦丫能吃上一口奶水。

荷花上门后，虽然带着三个孩子，却将家里收拾得井井有条。给两个女儿吃奶时，总是先奶苦丫。苦丫不吃了，才去奶妞妞。大牛看在眼里，心中悬着的那块石头落了地。

有一回，妞妞饿得直哭，荷花仍然先奶苦丫。大牛于心不忍，对荷花说："荷花啊，咱们是一家人了，不要再生分了。以后，哪个孩子饿了，就先奶哪个孩子吧。"荷花"嗯"了一声，眼里溢满了泪。

吃着荷花的奶水，原本瘦得皮包骨头的苦丫，身上有了肉，小脸蛋也水灵起来。大牛常常盯着苦丫看，心里对荷花充满了感激。没有荷花，苦丫可能早就没了。有时，他也会愣愣地想，桃红要是九泉之下有知，也会宽心的。

荷花死了。死在 1942 年的那场饿殍遍野的大饥荒。蛤蟆坳

两支银凤钗

也饿死了不少人，有的人家甚至绝户了。大牛家，除了荷花，都活下来了。瘦得不成人形的荷花临死时，翕动着干瘪的唇，吃力地对大牛说："地窖的一个瓮里，还有二十五斤米。"说完，她看了一眼三个孩子，咽下了最后一口气。

大牛不顾乡亲们的劝阻，死活将几爿门板卸下了，为荷花钉了一口棺材。其时，很多饿死的乡亲们，都是一领破草席裹着，挖个坑埋了，便算入土为安的。荷花走后，大牛就再也未娶了。

三十年后，我带着七岁的女儿从所在的海滨城市出发，前往千里之外的一个地方。第二天傍晚，我们来到了蛤蟆坳的一座坟前。我的泪水止不住地流下来。我对女儿讲起了外婆——我的后娘的故事。

◀ 半坡茶
....

　　老实说，是唐人卢仝的"天子须尝阳羡茶，百草不敢先开花"之诗，将我吸引到阳羡茶场的。不巧，茶场的主人李总到省城参加茶博会去了。

　　年轻的女茶艺师为我泡了一杯"阳羡雪芽"。品着香气清雅、滋味鲜醇的佳茗，不由想起一位当代诗人对阳羡茶的咏叹："看一眼是钟情，再看一眼是情深。喝一口是鲜爽，再喝一口是销魂。"连喝了三杯后，我踅出茶室，拐上去茶园的山路。

　　茶园里那一垄垄的翠绿，恰似书写在山野的绿色诗行。不时，有各色野鸟发出悠扬悦耳的啁啾，有野兔、刺猬、松鼠从眼前匆匆闪过。人在茶园行，宛如画中游。没见到李总的那丝惆怅，顿时烟消云散。

　　突然，我的目光停在茶园中最高的那座山坡。下半坡是如诗如画的美丽茶园，上半坡却似生了癞头疮，布满荒草、荆棘与乱石，很不协调。也许那荒坡不是茶场的吧？不然，……带着疑问，继续前行。转过一个山角，迎面走来一位戴着草帽的中年人，便停下与他攀谈。交谈中，才知他是看护茶园的守山人。我指着那处荒坡，抛出了心中的疑问。

"那里也是茶场的。"守山人淡淡地说。

"如果将荒坡开垦成茶园，不是更好吗？既能增加收益，也让茶园更美。"我说。

"当初租下整个山坡时，李总特意让工人只种半坡茶。"守山人解释道，"李总说，得为茶园里的动物们保留一片原生态的栖息地。"

"哦！"我一怔，脑海中蓦地闪出清人李密庵《半半歌》中的"一半还之天地，让将一半人间"。

这时，一只狗獾从眼前飞快地掠过。

见我好奇地目送着狗獾消失在茶园中，守山人说："在茶园里一路走来，你是不是已遇见了不少野生动物？"

我点点头。

"这也跟李总的一个规定有关。"守山人说。

"什么规定？"我忙问道。

守山人看我有兴趣，打开了话匣子，讲起了三年前发生的一件事。有一天，他和几个工人在茶园里捉到了一条三米长的大蟒蛇，吊在树上准备剥皮后做成美味。他忽然想起李总一向爱护动物，就给在外地的李总打电话，请示怎么处理这条大蛇。李总当即让他们将大蛇放生。三天后，李总返回茶场，马上召集茶场的全体职工开会，立下两条规定：一是全场职工不准伤害茶园里的野生动物，如有违反，将会重罚；二是全场职工务必提醒游客不准伤害茶园动物。李总还安排他巡山，以便保护茶园里的动物。

"原来如此，难怪茶园里的动物特别多。不过，我还有一个疑惑，李总为何要这么精心保护茶园里的动物？"

"李总说，茶园是个小生态圈，我们一定要保护好这个小生态圈。茶树有了好的生态环境，才能长出高质量的茶叶。"

我心头一颤，李总是个高人，这是从源头抓质量啊！有了好茶叶，再配上高超的制茶工艺，就能出佳茗……

饶有兴致地听守山人又讲了李总的几则茶事后，一直困扰心头的那些事儿，渐渐有了些头绪，见时候已不早了，我便跟他告别。

驱车离开时，我情不自禁地回头眺望郁郁葱葱的茶园，发现镶嵌在园中的那片荒坡，分外美丽。

回到公司后的第二天，我就召开了全体职工大会。会上，我向大家讲述了半坡茶的故事，还郑重宣布了一个决定——取消周末加班制。会场上响起了经久不息的掌声。

◀ 石雕王

　　老王是青龙镇的石雕王。方圆百里，凡要雕石头的东西，都来请他。他的石雕，不论是天上飞的、地上跑的，还是水里游的，无不栩栩如生。

　　那年，一队鬼子侵占青龙镇后，将营地扎在关帝庙。因不时有鬼子莫明其妙地失踪，素来迷信的鬼子头目鸠山，让手下将老王押来，令老王雕一只石獬猊辟邪。

　　老王梗着脖子，瓮声瓮气地说："不会雕獬猊！"

　　"嘿嘿，你是石雕王，竟然不会雕獬猊？"鸠山将闪着寒光的军刀举在老王头上，恶狠狠地说，"再敢说一个'不'字，小心你的脑袋！"

　　"不会雕！"老王轻蔑地看着鸠山，声如霹雳。

　　突如其来的吼声，将栖息在关帝庙瓦楞上的一只乌鸦惊起，"呀"地大叫一声，箭也似地射向天空。

　　鸠山勃然大怒，猛然挥刀。

跟着老王来的小王，扑向倒在血泊中的父亲，放声大哭。

鸠山挥了挥滴血的军刀，对手下喝道："拖出去喂狼狗！"

"不！"小王止住哭声，强抑心中的怒火，昂首叫道，"我会雕媲貅！"

"你——"鸠山狐疑地打量着小王，"会雕？"

"会！"小王抹了一把眼泪，哽咽着说，"不过，先得让我将爹好生安葬了！"

鸠山点了点头，狞笑道："谅你也不敢耍什么花招！"

一个月后，得知石媲貅已雕好，鸠山兴冲冲地带着几个鬼子来王氏石雕作坊察看。当小王揭开蒙在石媲貅上的麻布时，地上赫然蹲着一尊丑陋无比的人首媲貅身石雕——人首乃鸠山，嘴巴大张，狰狞如厉鬼。

鸠山气歪了鼻子，拔刀向小王扑去。说时迟，那里快，只见小王迅速划着一根洋火，丢进石雕洞开的大嘴里，旋即一个闪身，从作坊的后门奔出来。随着一声惊天动地的巨响，石雕作坊轰然坍塌……

不久，活跃在青龙镇的抗日游击队中出现了一位擅制石头地雷的高人。那些埋在山野间的石雷，将进山扫荡的鬼子们炸得魂飞魄散。

多年后，青龙镇王氏石雕作坊旧址上，树起一块黑色大理石纪念碑。碑的正中刻着"石雕王"三个大字，两侧刻着"一门两忠烈，两代英雄魂"之联。

◀ 暖阳
....

两个月前，小芳从厨师烹饪学校毕业，来到陌生的江城，在影视城里租了一间小店面，开起了闽南风味小吃店。每天，小吃店里人流如织，生意十分红火。

正当小芳对未来充满美好憧憬时，不料疫情来袭，小吃店关门歇业。这一关就是半个月。之后，全国疫情又此起彼伏，旅游业受到冲击，影视城门可罗雀。一个月的只出不进，小芳已将积蓄花得所剩无几了！

再过几天就要交下一季度的店面房租了，小芳呆呆地望着窗外乌云密布的天空，心底的凉气一层深过一层。

突然，手机铃声响了。见是花大姐打来的，小芳的眼睛不由湿润了。

花大姐是个好房东。当初，从中介处得知小芳刚走出校门就来江城创业，花大姐不仅鼓励她好好干，还多让了500块租金。在小吃店开张后，又多次带朋友来照顾生意……

小芳收回思绪，抹了一把眼泪，接通了电话，刚叫了声"花大姐"，花大姐就关切地问道："小芳，你还好吗？"

　　"不太好。"小芳犹豫了一下，忐忑不安地说，"花大姐，下个季度的房租……"

　　"给你打电话，就是想跟你谈这事。"小芳的话还没说完，就被花大姐打断了。

　　小芳的心倏地提到了嗓子眼上。

　　"你的情况我都清楚。"花大姐提高声音说，"现在是非常时期，大家风雨同舟，共克时艰，你的房租全部减免！等旅游业回暖后，再交下期的。"

　　一股暖流从小芳的心头涌过，她哽咽地叫了一声"花大姐——"，硬是再也说不出话来。

　　这时，一束温暖的阳光透过乌云的缝隙射出来，照在窗外的那丛迎春花上。小芳蓦然发现花丛中已零星地点缀着几朵金黄色的小花。她知道，春天已经来了。

◀ 汉连天下

　　菲律宾马尼拉唐人街举办的"以艺战疫"中菲抗击新冠肺炎疫情画展，观者如堵。宽大的展厅里，锃亮的金属展架一字排开，陈列着中菲画家创作的 100 帧精美画作。一张张绘画如同一枚枚书签，标记着两年来中菲两国携手抗击疫情的众多感人瞬间。一些菲国的画家还亲自到画展上与参观者互动交流，讲解画作的意蕴。

　　在一帧署名《同心桥》的巨幅画作前，驻足观赏者尤其多。只见画中一座彩虹似的大桥凌空而起，飞越茫茫南海。桥的左端是厦门海关，右端是马尼拉海关。两处海关都堆满了抗疫物资，身穿"汉连物流"工作服的工人们正在忙碌地装载货车。桥身上"同心桥"三个龙飞凤舞的红色大字格外醒目。桥面上，车流如织，驶向厦门的车身贴着"山川异域，风月同天"的标语，驶向马尼拉的车身贴着"青山一道同云雨，明月何曾是两乡"。画的右下角钤着浑厚沉郁的隶书"甄爱国"印章。参观者纷纷与站在画旁的创作者、著名华人画家甄老合影留念。一位操着闽南语口音的少妇抱着襁褓中的宝宝，挤到白发苍髯的甄老身边合影。

甄老捋着苍髯，笑眯眯地看着宝宝，问道："宝宝有名字吗？"

"还没有取名哩。"少妇犹豫了一下，接着说，"能否托甄老的福，给赐个名？"

甄老看了一眼少妇的口罩，又低头凝视着宝宝的口罩，笑道："叫'汉连'，如何？"

展厅里沉静了片刻，骤然响起热烈的掌声。

少妇与宝宝佩戴着同款口罩。洁白的口罩，一大一小，都绣着火红的五星红旗。

◀ 唐人街上的中文书店

在老字号"金莲记"美食馆吃了一碗美味可口的福建面后，见天色还早，我便逛起唐人街。中式的牌楼、中式的楼宇、中式的沿街售货摊，来自中国的各式水果、食品，各种地方风味的中餐馆，闽南话、广东话不时从耳边飘过……让我觉得自己并非置身吉隆坡，而是走在福建或广东的某个街头。

突然，我的眼光被一个招牌粘住，上面赫然写着"中华书店"四个庄重典雅的隶体大字。我不由自主地走进书店，见店主人不在门边的收银台上，便径直跫入鳞次栉比、古色古香的书架中。书架上排满了各类洋溢着墨香的中文书籍。在一处非常显眼的位置，摆放着《习近平谈治国理政》《民族复兴中国梦》《中国走社会主义道路为什么成功？》等装帧精美的图书。我拿起《千年之约："一带一路"连通中国与世界》翻阅，耳边忽然响起一个操着闽南语的苍老声音："这本书很不错！我的孙子也在读哩！"我抬起头，眼前站着一位白发苍颜的老人。

见我惊疑地望着他，老人笑呵呵地说："这个书店是我开的，刚才去了一趟卫生间。"

　　"您老这书店开多久了？"我好奇地问道。

　　"是中华人民共和国成立那年创办的，算起来已七十三个年头了！"老人捋着白须，自豪地说。

　　"开了这么久，真了不起！"我竖起了大拇指，接着问道，"您老为何要在这里开中文书店？"

　　"中国是海外华人的母邦，开中文书店，是为了让我们这些飘泊异乡的游子，从方块字中呼吸母邦的气息。"老人悠悠地说。

第三辑

世相管窥

◀ 传家宝

在外面跑供销的小贾刚回到阳羡茶场，就一头扎进制茶车间，拿了一撮师傅们新制的"阳羡雪芽"，匆匆回到茶室。

小贾泡了一杯"阳羡雪芽"后，便神色凝重地盯着茶杯。不一会儿，精致的玻璃杯中银毫显露，汤清明亮，一股清雅之香沁人心脾。小贾的脸上浮现一丝笑意，端起茶杯连品了三口，眉头不由皱了起来。

小贾放下茶杯，快步走进制茶车间，对正在忙碌的师傅们说："各位师傅，你们辛苦了！我品了你们新制的'阳羡雪芽'，色香都上佳。要是——"

师傅们都停下了手中的活计，紧张地望着小贾，等待他对茶"味"的评价。

"要是鲜味再醇厚点，就是极品了！"小贾幽幽地说。

师傅们都面有愧色地低下了头。他们都是经验丰富的制茶师傅，知道鲜味不够醇厚的根由是错过了最佳制茶时机。

空气仿佛凝滞了似的。

突然，一个苍老的声音响起："昨晚，是我让师傅们休息的。"

众人循声望去，只见老贾站在车间门口。

"各位师傅，你们继续工作吧。"老贾说完，又补充道，"不要有什么思想包袱。"

见师傅们都回到了各自的工作岗位，老贾才对小贾说："晶儿，你跟我来。"

刚回到茶室，小贾就抱怨道："爸，您好糊涂啊！这批'阳羡雪芽'萎凋过头了，不是极品茶，就卖不了好价。关键时刻，您怎么能让师傅们休息呢？"

"晶儿，你要说的道理我比你懂。实话跟你说吧，其实我也希望师傅们不休息。可是，师傅们已两天两夜没休息了！"

"爸，制茶师傅们都清楚，制茶绝不能误了最佳时机。何况，他们一年中也就忙这么几天！"

"晶儿，人生在世，有比赚钱更重要的东西。一批茶成了次品，损失并不大。若是让师傅们寒了心，那是一辈子的事。你知道么，这些师傅们，十几年来一直呆在我们家茶场，其他茶场用高薪挖人，他们硬是一个也没有动摇的，为什么？冲的就是我们的做法与别人不同。"

多年后，有一天，小贾的儿子埋怨小贾，不该让制茶师傅们夜间睡觉，误了最佳制茶时机，出了次品。小贾悠悠地说："我给你讲个故事……"

◀ 告诉你一个秘密

高手云集的市茶艺表演大赛上，最后一位登台表演的兰馨，爆出了最大的冷门。兰馨初次参赛，竟然一鸣惊人。她那"龙行十八式"长嘴壶茶艺表演，将传统茶道、武术、舞蹈、禅学、易理等元素融入其中，翩若惊鸿，婉若游龙，仿佛兮若轻云之蔽月，飘摇兮若流风之回雪，不仅令人赏心悦目，而且充满玄机妙理。观众席上频频响起热烈的掌声，评委们亦屡屡颔首。

颁奖典礼上，主持人让兰馨发表获奖感言。兰馨举起金光闪闪的奖章，望着坐在台下的家人们，眼含泪花，激动地说："今天，我要告诉大家一个秘密。没有他，也就没有我今天的成功。他，才是最应该获奖的人！"

说完这番话，兰馨就从台上走下来，快步向家人们坐的地方走去。

大家纷纷将赞许的目光投向兰馨的爱人，有的还向他竖起大拇指。他们想的是，一个成功男人的背后总有一个默默支持他的女人，反之亦然。

可是，出人意料，兰馨径直越过爱人，停在公公的身边，将那枚奖章小心翼翼地佩在公公的胸前，然后，对着手中的话筒，高声说："爸，谢谢您！"

大家惊愕地望着兰馨和她的公公，窃窃私语。

兰馨拭了一下眼角的泪，转过身子，对台上的主持人说，请允许我为大家讲一个故事。

一年前，也就是我和爱人举行婚礼后的第三天，茶场里来了一位远方贵客，是位风度儒雅的老人。刚见面，他就对公公说："久闻云雾茶场出好茶，茶艺师掺茶倒水的功夫也十分高妙，来访过的茶友无不赞叹'尘虑一时净，清风两腋生'。"

听话听音，公公明白他是想品茗赏艺。可是，不巧的是，茶室里的茶艺师因家中有事请假了。想到他慕名远道而来，这点小小的要求都不能满足的话，实在不妥。

公公便来找我，将客人的心思与自己的烦恼都告诉了我，让我去茶室为客人斟茶。因为我以前从没在正式场合为客人斟茶，更不懂什么茶艺，慌忙说不会茶艺，想推掉这个棘手的差事。

公公焦急地说："没吃过猪肉也见过猪跑。兰馨，你就客串一下，应个急吧。"

公公把话说到这个份上，我只好硬着头皮走进那间挂着"茶香细试兰泉碧，琴调新翻鹤露清"对联的古色古香的茶艺室。为客人斟茶时，我一边努力回想着茶艺师表演时的情景，一边笨拙地模仿着那些招式。不料，因心慌手乱，竟碰翻了茶杯，溅了客人一身茶水。客人的脸色十分难看。我手足无措地愣在那里，羞得满脸通红。

公公忙赔着笑脸，为客人擦拭衣上的茶水，替我打圆场："实不相瞒，茶艺师有事请假了。这位姑娘是他新收的学徒，才来没几天，笨手笨脚的，多有得罪，还请您多多包涵……"

送走客人后，公公和颜悦色地跟我说："兰馨，现在你是我们家的人了。一家人不说两家话。我们家世代以茶为业，家里的每个人都很上进，各有绝活。你也要跟上啊！不然，今天的事儿还会发生……"

"经历了这件尴尬事后，你就苦练茶艺了吧？"主持人插话。

兰馨点点头，接着说："如果不是这事儿，可能至今我仍整天无所事事地泡着手机消遣，连最基本的茶艺都不会，更甭说获奖了！"

"宝剑锋从磨砺出，梅花香自苦寒来。"公公突然从座位上站起来，笑眯眯地望着兰馨，接着说，"不过，兰馨啊，现在可以告诉你一个秘密了！其实，那天的贵客来访，茶艺师请假，都是我特意安排的。"

兰馨愣住了。

这时，一个苍老的声音从观众席上传来："姑娘，还认得我是谁吗？"

◀ 鸡公岭

　　要是没有省里来的那位方老先生，鸡公岭就还是鸡公岭，骆麻子也还是骆麻子。提起鸡公岭和骆麻子，落鹞寨人不胜唏嘘，狗日的骆麻子，不晓得哪代祖坟上冒青烟，咋说发就发发了呢。

　　想当年寨里分私留山时，鸡公岭可是个烫手的山芋啊。离寨七八里不说，山上长的还多是些怪模怪样的石头。虽说峭壁上也生着不少合抱的大树，但都是些没用的东西，醉汉般扭着身子乱长，就是当柴烧，还嫌劈开来费劲哩。再说，寨里人烧柴，犯得着到这么老远的旮旯来么，寨子附近的山上多的是。寨里分山时，也照分田地抓阄的老例。别的山都好说，单就鸡公岭难做阄。为这鸡公岭，寨人连熬了三夜。也有人提出这样那样的主意，但经不起鸡一嘴鸭一嘴的折腾，都没通过。到了第四天的后半夜，骆麻子实在熬不住瞌睡，就闷头闷脑地起哄说："我就光卵子一个，按人头算，这瘟鸡咋也轮不上，要是把它囫囵派给我，也就认了。"骆麻子话一落，嘈杂的会场顿时静下来，片刻，骤然响起一阵热烈的掌声。在这异常热烈的掌声中，骆麻子成了鸡公岭的主人。

八十年代中后期，林业经济给坐落在天仙河发源地的落鹋寨带来了滚滚财源。深山老林中的落鹋寨，一时间成了远近闻名的木材市场。五十年代大炼钢铁那阵子修的盘山公路，在颓败荒寂中又重现昔日的辉煌。修整一新的柏油路面上，重载木材的各式大卡车络绎不绝，一路吼着驶往山外。水深流急的天仙河是天然的黄金水道。一年四季，大段圆木扎成的木筏顺流而下。撑筏的汉子们那雄性的号子，不时在天仙河两岸的云峰峡谷间回荡。即便是山间的羊肠小道，也常能碰到捎着枞木桁条、行色匆匆的汉子们。木材市场的生意红红火火，落鹋寨人的日子也芝麻开花——节节高。不少人家盖起了红砖青瓦房。雀儿拣着旺处飞，寨中的一些年青后生，也从山外迎来了媳妇。

骆麻子呢，都奔三十的人了，住的还是他老子五十年代土改时分的那两间透风漏雨的破茅屋，人也还是光棍一个。寨中也有热心的大婶带他到山外相过几回亲，人家姑娘对他脸上的几个小麻斑倒没太在意，大都只说先去看看家。然而，来看过家的，就再无下文了。骆麻子好歹要找个女人的念头却愈加疯长。

那时，寨中几户人家合养着一头牛，骆麻子搭伙的那几户嫌养牛费事，就把养牛的事一古脑儿都撂给了骆麻子，按份子补给一些粮食。寨中数骆麻子放牛最古怪，他总爱将放养的大公牛往有母牛的山坡赶。当大公牛发现了母牛，跶着蹄子疯狂追撵时，骆麻子就奔到高高的裸石上，眼睁得老大，死盯着。

有一回，骆麻子牵牛到山涧饮水，发现溪边的一块大石头上放着药锄药篮、一双女人的花套袖，心下一动，把牛栓到一棵松树上，轻手轻脚地隐到那个大石头后探头窥望。这一望，眼睛就直了：澄碧的溪涧里，三十才出头的邢寡妇像一尾快活的银鱼，在水中欢快地游着。骆麻子感到一阵眩晕，心跳骤然加速……

寨人茶余饭后闲嗑牙，常拿骆麻子作谈资，都说他孬，要是当初不二百伍，咋会落得这般光景哩。一些人家在教训子弟时，也径直用骆麻子说事。久而久之，骆麻子在寨人的口中简直成了榆木头不开窍的代名词。

寨人的看不起，骆麻子也心中有数。夜深人静时，骆麻子常常坐起来，一锅接一锅地烧老黄烟。在明明灭灭的烟火中，骆麻子感到黑暗中仿佛充满着寨人嘲讽的眼光，鬼火似的飘忽不定，倏忽又幻作邢寡妇的面影……蓦地，耳畔响起邢寡妇在那个月夜送给他的嗔怪声音：骆麻子，你要是条汉子，就起一座青砖瓦房，咱们合铺盖卷光明正大地过日子，偷偷摸摸地，算咋回事哩。骆麻子揉了揉眼，磕掉烟灰，长长地叹一口气。

当队长九爷将一位戴着镶金边眼镜，头发有些花白的老人引到骆麻子的破茅屋时，骆麻子做梦也没想到，眼前这位不起眼的老人会给他的生活带来巨大的改变，这是一九九五年夏天的事。多年后，骆麻子坐在鸡公岭那高高的赭红色鸡冠上神侃往事，当年的情形还历历在目。

"骆麻子，这是省里来的方老先生，要到咱山里来看看。我捉摸，咱寨中就你骆麻子鸡公岭上还蓄着些大树。那里你熟，你带方老先生去转转。"队长九爷一进茅屋就冲骆麻子嚷。"九爷，我那瘟鸡您老还不清楚，有什么看头啊。"骆麻子讪讪地说。"听说城里人还就作兴看那些古里古怪的树哩。"九爷调头望着方老先生，不无得意地说。老先生不置可否地笑了笑，对骆麻子说："我是省农业大学的，趁暑假到天仙河这一带来调查物种。听你们队长说，前几年这里滥砍滥伐，就你那鸡公岭，羽毛没掉一根。""我那瘟鸡身上的毛不值钱。"骆麻子红着脸低声说。

接下来的几天，骆麻子陪老先生上鸡公岭转悠。老先生精神着哩，挎着个照相机，这儿照照，那儿照照，嘴里还不时发出啧啧惊叹声。骆麻子替老先生肉痛，这方头方脑的东西是照人的。几块钱一照，老先生咋就舍得照这些不能生钱的东西。骆麻子感到纳闷，不晓得老先生葫芦里卖的啥药，但看老先生那股认真劲儿，也不便多问。一个星期后，老先生要走了。临走前，老先生摸出一百块钱，说是工钱。骆麻子死活不要，一番推让，最终还是收下了。老先生走出几步又踅回来，再三叮嘱："千万看好那山，别让人毁坏了一草一木，说不准哪天会变成金凤凰。"骆麻子一味鸡啄米似的点着头，心中却想，那瘟鸡，谁会去碰。老先生走后，很长一段日子，骆麻子还在咂摸老人的古怪言行，却总也理不出个道道来。

来年春天，骆麻子心头的疑团解开了。那天，一大群人浩浩荡荡涌进落鸥寨，领头的是县里新成立的旅游局局长。说是从报上看到一位老教授写鸡公岭的文章，上面还登着不少精美的照片，他们便特来鸡公岭进行实地考察。骆麻子也跟着寨人凑热闹，觑见了那报纸，上面的字他认不了几个，但照片再熟悉不过了，那高下错落参差如兽的怪石，那喷珠溅玉的飞瀑，那绝壁悬岩上凌风飞舞的松树，那玉带一样泛着粼粼波光的天仙河，那峰恋间倏来倏往的云雾，……盯着照片，骆麻子就像看见了亲人，越看越对眼。

九十年代末，鸡公岭进山峪口的巨石上醒目地刻着"鸡公岭旅游风景区"八个斗大的鎏金大字，真应了当年老先生撂下的话，瘟鸡也会变凤凰。在天仙河系列旅游风景区中，鸡公岭成了最耀眼的明珠，远近的游人，纷纷涌来。骆麻子因为字识得少，就让他负责景区的清洁工作。月薪要比临时工高出一倍多，是一千二百块。

而今，游客倘去落鹞寨，会看见东一簇西一簇的楼房中，赫然耸着一幢颇洋气的楼房。院子里停着一辆黑色小轿车，院门外的晒谷场上，兴许还能看到一个女人忙忙碌碌的身影。狗日的骆麻子，咋说发就发了呢！在落鹞寨人的谈话中，这是人们经常说的一句话。

据说，骆麻子的父亲是红遍天仙河畔的风水大师。民国年间，有位县太爷曾派大轿恭请骆大师到城里为新县衙选宝地哩。上了点年纪的寨人还记得，骆大师临终前，神色黯然地望着跟八仙桌一般高的小骆麻子，像濒死的鱼一样，努力翕动着苍白干瘪的嘴，硬是挤出云遮雾罩的三个字：鸡公岭。

◀ 年轻的说书人

　　那年寒冬腊月，村里来了一位说书人，是位年轻后生。其貌不扬，面黑肤糙，五短身材，着一袭青灰色长衫，携小书鼓、醒木等说书器具。乡亲们有着根深蒂固的观念——说书人应该是相貌清奇的老者。这个乳嗅未干的后生居然也说书？心里不免小觑了。

　　当后生找村里德高望重的老人商洽来村中说书时，老人有口无心地应着。他好话说了一箩筐，老人硬是含糊其辞地给挡回去。后来他干脆说，要是大伙认为讲得不好，就不收钱。话说到这个份上，老人只得勉强答应了。敲定开说内容后，老人便出头按惯例到各家各户串门，安排后生的食宿，并依人头分摊请说书的一应费用。

　　当晚，后生就在一户人家的堂屋开讲了。开讲前，他狠擂一通急鼓，将乡亲们召集来。等屋里挤满老老少少时，他停下鼓槌，欠身环视室内，示意安静，待鸦雀无声了，抻抻衣袖，拿起醒木，边敲醒木边道开场白，说的是"光棍对光棍，大家帮帮衬""在家靠父母，出门靠朋友"之类的套话，了无新意。

　　开场白一完，便正式开讲了。说的是"十八路反王，七十二路烟尘"的《隋唐演义》。他俨然换了个人似的：胸中具成竹，舌底翻莲花。只见他目光炯炯，妙语连珠，一波三折的故事情节扣人心弦，倏来倏往的人物栩栩如生，当即抓住了乡亲们的心，个个屏息敛声，侧耳倾听。平缓处，波澜不惊，娓娓道来；紧张处，波澜乍起，高亢激昂。第一晚结束后，后生那"滑稽诙谐为雄辩，嬉笑怒骂皆文章"的精彩表演赢得满堂彩。几位年长者碰头，决定听完整部书。

此后，每晚听众均爆满，内中常常夹着一些闻讯而来的外村人。后生总是在最紧张的关头打住，道一声："欲知后事如何，且听下回分解。"这是大家最怕听到的。尽管乡亲们极力鼓噪，他从不破例续讲。

半个月后，已临近年关，后生要回老家与父母团聚，一部《隋唐演义》才讲到第十七回的越国公牌楼楹联：深惭诸葛三分业，且诵文王八卦辞。乡亲们竭力挽留，终于没留住。走时，他向乡亲们拱手告别，留下一句话："来年春天，再来相会，决不负约！"

可是，春天过去了，他没有来。夏天过去了，他仍没有来。当乡亲们都不再盼望时，在枫叶转红的初秋，他却来了。人已变得十分消瘦。原来，春节后他生了一场大病，出院后休养了四个月，身体还没完全恢复，便不顾家人劝阻，匆匆赶来赴约。乡亲们得知了个中缘由，无不感动。

讲完了《隋唐演义》，已是两个月之后。这一走，杳如黄鹤，乡亲们再也没听到他的音讯。

多年后，村里喜欢收听广播的几个老人都说，收音机里那位"演戏楼台谈美丑，说书场里论忠奸"的说书高人，声音很像当年来村里说书的后生。

◀ 升迁玄机

　　余文静要调到销售部做经理了！这个小道消息在公司里不胫而走。一时间，公司里波翻浪涌，窃议纷纷。不可能，绝对不可能！那个职位她根本不适合啊！更重要的是，她去了，肖红往哪摆？肖红是什么人？能让她夺位？除非……也不太可能啊！不然，还不早提上去了……两个星期后，人事变动没有任何动静，公司里又渐渐风平浪静。

　　余文静是去年来公司做会计的，虽然长得秀丽，但人如其名，特文静，让她做会计这个细心活，再合适不过的。事实也证明，她在这个岗位上做得非常出色，从未出过任何纰漏。

　　肖红与余文静是省财经大学的同班同学，一同来公司的。肖红长得妖娆不说，更是个乖角儿，长袖善舞，很自然的，肖红被派到销售部做销售员。肖红似乎天生就是个干销售的料，其业绩如芝麻开花——节节高，将其他销售员比下去了。老总经常在大会小会上公开表扬肖红。半年后，肖红便被提为销售部经理。

就有人私下放话，肖红干得好，并非能力多么出色，而是风骚功夫了得啊！听人说，她经常与那些大客户成双成对地出入"人间天堂夜总会"，嘿嘿，"人间天堂夜总会"是什么地方？……还听人说，有一天晚上，看见肖红穿着吊带衫迷你裙，兴兴头头地坐着老总的宝马，去了老总那座郊外的神秘别墅……据说，肖红在大学里的男朋友有一个加强排哩，一个个被她迷得神魂颠倒的。有一次，两个男孩为了她争风吃醋，打得头破血流哩……说得有鼻子有眼的，让人不得不信。

一个月后，小道消息却被证实了。余文静做了销售部经理。肖红呢，做了老总助理。于是，公司里又掀波叠浪，飞短流长。

"看来，老总的口味变了。"

"是啊，老是一个口味，难免腻味的。"

"不对，肖红不是做老总助理了吗？还是得宠的。"

"难道老总左右开弓，兼收并蓄？"

"想不到余文静这么文静的女孩也……真是人不可貌相啊！"

"可余文静根本不适合做销售啊，地球人都知道的，呵呵，老总难道是要美人不要'江山'了？"

"咱们就等着看好戏吧。"

"嘿嘿，届时老总的天平上，只怕还是'江山'份量重。"

"是啊，别看余文静现在风光一时，到头来，登得高跌得也惨哩！"

让大家大跌眼镜的是，余文静上任才一个月，就做了一笔

700 万的大买卖。

两个多月前的一个夜晚，在老总的郊外别墅里，娇喘微微的肖红，不无醋意地对老总说："听说余文静要来销售部，是真的吗？"

"是啊，"老总迟疑了片刻，接着说，"红，你别胡思乱想。小道消息说，她的姐夫将提为市政府采购办主任。政府采购这块大肥肉，我们公司不是没有动过脑筋，可多年来都没有攻下来……红，我不会亏待你的。"

从不显山露水的余文静有没有姐夫，成了肖红急需解决的谜。

◀ 苦丫
. . . .

听不得娘天天在耳边催逼，春节期间，姨妈家的表姐来拜年，苦丫向表姐哭诉了自己的苦恼。表姐很同情苦丫，让她春节后下山，去城里找她。春节后，趁着娘与哥下地干活，苦丫偷偷地离开家来到县城。经表姐介绍，苦丫进了一家服装厂。

端午节前五天的傍晚，苦丫下班回到几个姊妹合租的房子，就见门口蹲着舅舅。舅舅焦急地说："苦丫啊，你娘的心脏病又犯了，已经一天一夜粒米未进了……"当晚，苦丫便与舅舅离开县城，搭了个摩的赶到青龙镇，又走了二十几里山路。子夜时分，两人才赶回圪瘩村。舅舅家在村东，苦丫家在村西。一进村口，舅舅就跟苦丫说，他太累了，得回家休息，便拐上去村东的路。

苦丫推开虚掩的大门，匆匆撞进娘的房里，发现娘并没有病，正坐在旧八仙桌边抽旱烟。

"娘，你——？"

"苦丫啊，你是娘的心头肉，娘也不忍心骗你的。只是，你胡表叔家限我们三天之内回话，若不回话，他们就要与别人家换亲的。"娘猛抽了一口旱烟，剧烈地咳嗽了一通，抹了一把眼泪，接着说："苦丫啊，咱圪瘩村落在这个穷山恶水的地方。五十几户人家，你看，都是亲上加亲的，从来都只有村里的女娃嫁出去，没有山下的女娃嫁进来的。你哥都三十出头了，若不答应人家，你哥怕是要打一辈子光棍的。苦丫啊，都说不孝有三，无后为大，你哥要是不能传郭家的香火，那娘对不起你早走的爹，也对不起郭家的列祖列宗啊！……你胡表叔的儿子狗剩虽然是个驼背，但心眼很好，我是打小看他长大的……"

任凭娘怎么说，苦丫只是汪着泪，不吭声。春节前，娘这些话，已不知说过多少遍的，苦丫开始还激烈争辩，后来便一言不发，用沉默抗议。她知道，自己无法说服娘。娘也不是不讲道理，娘有娘的苦衷。

娘说了很多，最后搁下长长的旱烟管，长叹了一声，说："苦丫啊，你赶路也累了，去睡吧。明天我就去你胡表叔家回话，让他们端午节来送礼。"

苦丫默默地离开娘的房子，走入自己的卧室。苦丫听到娘在外面落锁的声音，心中一阵刺痛。苦丫推推窗户，发现也从外面锁上了。苦丫再也抑制不住眼里的泪。

苦丫不是没有心上人的。苦丫到山下青龙镇读中学时，同桌小牛对她很好，小牛是山下牛家村的。每个周末，小牛都骑着那辆浑身都响的破旧自行车，将她送到山脚下。一路上，他们说着各种有趣的话题，憧憬着美好的未来。中学毕业后，他们都没有考上普通高中。苦丫回家跟娘干农活，小牛则跟着村里人去了远方的城市打工。小牛临走前，走了二十几里山路来圪瘩村找苦丫。在村外的那棵大槐树下，小牛拉着苦丫的手，定定地望着苦丫，说："香云，你一定要等我。我出去打工，只要出息了，就回来接你。"苦丫羞涩地点着头，心里蜜也似的甜。

苦丫等了一年又一年，没有等来小牛的任何消息。苦丫知道，小牛在外面闯世界，闯得不容易。苦丫愿等，哪怕再等上几年。转眼间，苦丫便二十岁了，已出落成一位人见人夸的大姑娘了。在圪瘩村，女娃早婚成风，就有人向苦丫的娘传话。娘见人家没有女娃，都回绝了。直到狗剩出现，娘才动了心。

"娘啊——"苦丫痛苦地轻轻叫了一声，拉灭了电灯。屋里顿时一片漆黑……

不久，苦丫的哥哥疯了，整天在村里东游西荡，高一声低一声地喊着"苦丫"。乡亲们听了，无不恻然。

◀ 大胜

其实，武局长与曹书记是面和心不和。不过，外人并不知晓这档子事儿。

那天，局里召开转变工作作风促进会。会上，曹书记发言，他要求广大干部进一步统一思想认识，坚定信心、提振精神、凝心聚力，坚定不移地把转变工作作风引向深入。讲着讲着，曹书记突然停顿了一下，望着坐在旁边的武局长，充满感情地说："其实，咱们的武局长就是身边的典型啊！儿子明天就要在王府大酒店举行婚礼了，他却依旧坚持奋斗在工作岗位上，没有请过一天假，这种舍小家顾大家的因公忘私精神，值得我们学习……"

会场上掌声突起，汹涌澎湃。

武局长的脸，倏地黑了，但在众目睽睽之下，又不便发作，只在心里暗骂："好你个姓曹的，想暗算老子，没门！"

散会后，武局长直奔办公室，关上门窗后，急电夫人，马上退掉王府大酒店的那二十桌婚宴，改到别的酒店举行婚宴。

夫人那头急了："你这唱的是哪一出？"

"别多问了，有人要弄我！"

"可是，都这时候了，你这一改，到哪去找好点的大酒店？"

"千万不要找好酒店，切记：中档的就行！而且除了咱们的亲戚和女方来人，其余的七桌就不办了！"

"那人家会咋想？"

"你放心，我来一一打招呼！"

整整一个下午，武局长把自己关在房间里，一一给那七桌的"朋友们"电话说明："……总之，一两句话说不清，情况突变，遇上了点小麻烦，改日我一定找个最好的酒店给老兄赔罪！"

这些圈子里的"朋友们"哪个不是人精？全拎得贼清："看您武局长说的啥话，您有难处，做兄弟的不帮谁帮？您一句话，您说咋办就咋办！兄弟我坚决执行！不过话先说清楚，酒可以先不吃，但贺喜的一点'薄礼'，您可不能不收！要不，那是绝不会答应的……"

次日，婚宴圆满举办。武局长不但化险为夷，而且还名利三收——办了十三桌，大大符合上级不超过二十桌的规定；中档宾馆，没有奢侈、豪华之嫌；少支出了七桌的费用，但一份"薄礼"也没少，大赚！

当晚，局长枕畔乐呵呵地与夫人对话："知道我这次最大的胜利是什么吗？"

"瞧你那得意样，不就是化险为夷，名利三收嘛！"

"真是头发长见识短！那只是小胜，大胜是，我让圈子里的人都认清了——他曹书记真不是个好玩意儿……"

◀ 大树底下好乘凉

玉芬每天守着几分薄地起早摸黑拼死拼活地种庄稼，一年下来，除掉开销，已没有多少节余了，想盖幢房子，那简直是做梦！玉芬见邻居红红在城里开了个小酒店，生意非常红火，才一年多，就在城里买了房子，还将孩子转到城里读书，不由地动心了。在不在城里买房，玉芬倒不是太在乎，她更在乎的是能将儿子送到城里读书，接受更好的教育。自从丈夫到山上挖草药，失足跌下悬崖摔死后，儿子就成了她生存下去的唯一精神支柱。

玉芬求爷爷告奶奶地四处借钱，才勉强凑了二万元。她狠狠心，借了五万高利债。玉芬将六岁的儿子送回娘家，便开始筹备到城里开酒馆之事。

中秋节这天，玉芬酒馆开张了。开始一个月，酒馆生意很冷清。玉芬急得夜不成寐。她便去向红红请教。红红一边对着镜子描口红，一边不紧不慢地说："玉芬啊，你开张时都请了谁来吃饭？"

玉芬摇摇头。

"呵呵，难怪你生意不好哩！谁都可以不请，但周边单位那些负责接待工作的主任科长什么的，你不请就是你的不对了，他们才是你最主要的衣食父母啊！"红红放下唇膏，望着玉芬说。

玉芬似懂非懂地点了点头。

玉芬回来后，设宴招待周边单位的一些主任科长们，整整三大桌，都是高档酒菜，看着这些肥头大耳的家伙胡吃海喝的，玉芬感到肉痛。

不久，玉芬酒馆的生意就回黄转绿了，每天晚上都高朋满座。玉芬甭提有多高兴了，她作梦都在念叨着将儿子接进城里来读书。

然而，让玉芬苦恼的事很快就出现了。那些单位里来设宴的，没有几个付现金，多是打的白条，说是年终时一起结算。收支严重失衡，长此下去，不关门才怪哩！有一次，玉芬实在没有办法，硬着头皮到打白条最多的那家单位去讨。结果钱没有要到，反而遭到白眼与奚落。眼看着账上的窟窿越来越大，玉芬心急如焚，苦撑着酒馆，只盼年关早日到来。

年关终于来了，却并没有一家单位主动来清帐。玉芬只好一家一家地去讨，也不知道跑了多少趟，白条却没有兑现多少。对方不是说等等，再等等，就是说单位领导不在签不了字，有的干脆就不让她进门，还有的说是前任签的不认这个帐了，要讨帐找前任去。总之，没有一家单位爽快清帐的，就是付帐的一些单位，也只付了部分，还留着一个大尾巴。除夕的前一天晚上，要帐归来，望着桌上那一堆白条，玉芬上吊的心都有了。

玉芬是在正月初三碰到回乡下过年的小花后，才知道红红在城里开酒店是有靠山的。她的酒馆不但生意兴旺，而且从没有谁敢打白条的。

"大树底下好乘凉啊！"小花拍着玉芬的背，感慨地说。

　　元宵节后，玉芬酒馆的招牌换成了小尾羊火锅店。

第四辑

红尘情感

◀ 六指琴圣

　　天说黑就黑了。过了山脚下的这座龙门客栈，就再也没有借宿之处了。萧云逸驻马踟蹰了片刻，又扬鞭驱马疾驰。一路上，过往之事在脑海里云起云落。

　　三年前，师傅云中子让萧云逸与师兄楚天南下山，遍谒天下的古琴大师，三年后的七夕卯时，务必赶回天籁琴院，向师傅演奏所学琴艺。若过了卯时未到，就不必来见他了。师傅的话从无戏言的。

　　萧云逸原本不必这么匆匆赶路的。十天前，过野狼谷时，他喝了有毒的山泉，在客栈里病倒了，一睡就是两天两夜。梦里，尽是小师妹柳湘云与师兄楚天南的面影，倏来倏去。第三天刚破晓，萧云逸再也躺不住了，强撑病体打马上路。

　　他能不赶路吗？三年来，师傅的话，他不知道琢磨过多少次了。他懂师傅的良苦用心，让他与师兄下山游艺，是为了博采众长的；让他与师兄一同下山，是为了激发他们的进取之心，没有师傅在，也不敢懈怠的。可是，为何将比赛之日选在七夕这天呢？师傅无意为之，随便挑了个日子的？可师傅从不是随便的人啊！有意为之？难道他与师兄对小师妹的心思，师傅早已了然？要在那天通过比试琴艺来定夺？师傅对他与师兄都视同己出，除了课琴严厉，其他方面无不如慈父一般的……他思来想去，硬是想不明白。

　　萧云逸与师兄都是师傅从乞丐群中挑出来的。师兄比他早二年到师傅门下。师兄比他大一岁，他比小师妹也只大一岁。小师妹从小就没有娘，师母在生小师妹时不幸走了。师傅再未续弦，对小师妹痛爱有加。十几年来，他们一起跟着师傅学琴。不练琴时，他们就到琴院的后山嬉戏。那里的每一个山洞，都回荡过他们的欢声笑语。

　　萧云逸清楚地记得，七岁那年，师傅将他带进天籁琴院时，小师妹打量着他，突然拉着他的右手，惊奇地说："怎么多了一个指头？能弹琴吗？"师傅瞪了一眼小师妹后，她赶紧缩回了手。那一刻，他羞得满脸通红。要是身边有刀，他准会拿刀砍去这个多出的指头。他暗暗发誓，一定要好好学琴，让小师妹对他刮目相看。除了那次，小师妹再也没有嘲笑过他的六指了。

　　萧云逸的琴艺进步很快，从不称赞弟子的师傅，有一次竟然在他弹完一曲《广陵散》时，面带微笑地微微点了点头。

　　小师妹第二次说萧云逸的六指，是他十五岁那年。这年的中秋，棋坛名宿师伯松风子来天籁琴院会师傅。师傅一时兴起，让他们师兄妹献艺，请师伯松风子雅正。松风子听了小师妹与师兄的演奏后，点评一番。萧云逸演奏完，松风子沉默了片刻，叹了口气，掉头对师傅说："吾辈老矣！此子比吾辈多出一指矣！"师傅微笑颔首。从琴室出来后，小师妹朝萧云逸做了个鬼脸，娇声说："二师兄，师伯对你青眼有加啊！说你多出一指呢！只是我不明白，这多出一指到底是何意思？"萧云逸的脸倏地红了，他望着小师妹，摇了摇头。这天之后，萧云逸感觉小师妹看他与师兄的眼神似乎有了微妙的变化。

离开天籁琴院的那天，萧云逸永远不能忘记小师妹最后看他的眼神，是柔情？是期许？是怅惘？……

三年的游艺中，萧云逸拜谒了几十位琴坛耆宿。然而，所有的收获都没有他从了空禅师那里获益多。在了空禅师那里，他的琴艺跻入了另一境界……

次日卯时，萧云逸终于赶到了天籁琴院。师兄已于两天前赶到了。师兄先演奏。他的琴艺大为精进，师傅听后，频频点头。师傅示意萧云逸演奏。当萧云逸从琴匣里拿出焦尾琴时，师傅怔了一下，旋即露出了微笑。师傅看到的是一把无弦琴！

三日后，萧云逸与柳湘云举行合卺大礼。洞房里，萧云逸望着柳湘云，说："师妹，现在我可以回答你，师伯松风子当年说我多出一指的意思了。"

"你不用说，我已知道了！那是心指，对么？"

千百年后，琴坛还在流传"六指琴圣"萧云逸擅奏无弦琴的佳话。据说，他的琴艺具有神奇的魔力。

◀ 昨日重现

坐着古旧的火车，他与她面对面，谈着彼此都感兴趣的话题，不说话时，她看着窗外的风景，他默默地看着她，思绪翩翩。是的，这列火车上，长满了他们的故事。

他没有想到，十二年前与她在这列旧火车上的邂逅，会让他们最终牵手。那时，他们都在江城大学读大三，他在文学院，她在外国语学院。因他们在不同系里，在这所有上万学生的大学里，他们似乎没有相遇过。也许打过照面的，譬如擦肩而过，都没有给对方留下印象罢。他们常常感叹，那次的邂逅，是缘！

那次，学校放寒假了，他匆匆踏上这列旧火车，找一个临窗的座位坐下，打量着车窗外站台上熙熙攘攘的人流。观察活色生香的生活，这是他多年养成的习惯。他喜欢写东西，不少诗歌与小说频频出现在一些省市级文学刊物上。在文学院乃至学校里，也算小有名气的。教写作课的那位戴着厚厚酒瓶底的老教授，就曾在课堂上公开说，他很有写作潜质，假以时日，他会脱颖而出的。

火车启动了，他收回目光，才发现不知何时，对面座位上已坐着一位穿着淡蓝色连衣裙的清秀女孩，手里捧着一本英文版的书在静静地阅读。他偷偷地瞥那书名——"The Lady of the Camellias"，原来她读的是小仲马的《茶花女》。他心下一动，这女孩也许就是他们大学外国语学院的。他从包里拿出杜拉斯的《情人》读起来。他读得很快，翻书时，声音故意弄得特别响。他的举动引起了她的注意。她有意无意地看了他一眼，恰与他的目光相遇。她微笑了一下，又低头继续看书。

　　时间一分一分地过去，他心不在焉地读着，脑里反复闪现着她的微笑，至于书里写了什么，却毫无印象。他终于抵制不住要与她说话的冲动，趁她翻书时，说："你是江城大学外国语学院的吧？"

　　她有些诧异地望着他，旋即微微一笑："你怎么知道的？"

　　"我看你读的是英文版《茶花女》，像你这样的漂亮女孩，能读英文版《茶花女》，十有八九是我们江城大学外国语学院的。"他说。

　　"你也是江城大学的？"她看着他，突然粲然一笑："按你的逻辑，你读中文版杜拉斯，该是文学院中文系的了。"

　　"真让你说对了。"他一笑，接着说："我叫肖扬，大三的。"

　　"你就是文学院的才子肖扬？我们宿舍里的女生经常提起你的。"她说。

　　"哪里算得上才子，也就写点小东西。"

　　"你发在校报上的诗，我都读过，写得真好！"

他们一路上谈着各种感兴趣的话题，不觉中，火车已到了他所在的市。她的家还在二百公里外的那座海滨城市。临下火车时，他们彼此交换了手机号码。

春节期间，他们互致问候。开始，三五天一个短信，后来，每天都有短信。他看着那些"早安""晚安"的普通问候，心里特别温暖。

开学的日期一天天临近，他提前踏上了返校的路，很巧，他坐的还是那列旧火车。不过，坐在他对面的不是她。长路漫漫，他望着车窗外的风景，一座座山，一条条河，络绎而来，又纷纷远去。一个月前，他与她谈过这些山，谈过这些河的。当火车经过玉女峰时，他按捺不住自己，掏出了手机，迅速写出一条短信："猜猜我在哪？"

三十秒后，来短信了："你在你在的地方，呵呵！"

他一笑，写道："真狡猾嘀！我在返校的火车上，正经过云萦雾纤的玉女峰呢。玉女峰实在太美了，让我想起一个人来。"

"想起谁来？快说！"

"你猜猜看。"

"我知道。"

"谁？"

"不告诉你。"

"你在干什么？"

"我在海边看风景。"

"为我带上一双眼睛。"

"猜猜我坐在什么树下？"

"丁香树下。"

"那花纸伞呢？

"是心之伞。无形，但存在着。"

开学不久，她在校报上读到了一首他写的诗，题目是《心之伞》。她读着读着，眼睛不由湿润了。她悄悄地将这首诗剪下来，夹进日记本里。

大学毕业后，他随她去了远方的那座海滨城市。

结婚八周年了！他说，我们得好好纪念一下，用一种特殊的方式。她看着他，沉思了片刻，柔声说，我们再去坐一趟那列旧火车吧。

◀ 萧琴
....

　　自从那次陪着女儿去市文化艺术中心的剧场参加钢琴汇报演出后，乔志远就被萧琴那高雅的气质勾去了魂。说起来，乔志远也是阅女人无数的。不过，在他看来，那些曾经的女人们，与萧琴一比，便黯然失色了！萧琴原是江城师范大学音乐学院钢琴专业的学生，因成绩突出，于去年留校任教的。

　　在江城，房地产大亨乔志远打个喷嚏，房价都会波动的。有多少女孩主动向他投怀送抱，希望得到他的垂青啊！然而，萧琴却例外。那天汇报表演结束后，乔志远特意带着女儿去评委席向评委们致谢。当主持人向萧琴介绍房地产大亨乔志远时，萧琴只是矜持地微微点了一下头，而不是如其他评委那样，满脸微笑地与乔志远紧紧握手。

　　为了能接近萧琴，乔志远可谓煞费苦心。他先是找到师大的冯云逸校长，他们是老朋友了。师大新建的教学楼都是乔志远公司做的。乔志远跟冯云逸山高水远地寒暄一番后，才引入正题。

"冯兄啊，我那小女对钢琴特别着迷，我为她请了一位钢琴老师，总感觉不够专业。"乔志远望着冯云逸校长，故意停顿了一下，接着说："我怕耽误了小女在这方面的发展潜能，特来向冯兄求援。你们音乐学院里人才济济，随便请出一位，都比社会上那些杂七杂八的培训中心里的老师强啊！"

"呵呵，我说呢，乔兄是无事不登三宝殿的。今天来访，原来是为这事。乔兄放心，包在我身上。"

"冯兄，听说音乐学院有位叫萧琴的老师，钢琴弹得特别好。"

"嗯，萧琴老师的确非常优秀，要不，就请她？"

"好！只是我不熟悉萧琴老师，不知道能不能请动，还请冯兄引荐。"

当有人通知萧琴去校长办公室时，她感到十分纳闷，不知校长找她干什么。从进师大读书到留校任教，算来有五年多了，萧琴还从未直接与校长打过交道。走进校长办公室，萧琴发现除了校长，还有一个面相有些熟悉的中年人。

周六晚上六点，一辆黑色宝马车停在了萧琴住的教工宿舍楼下。车里坐着的是乔志远。

过了半小时，宝马嘎然停在一幢别墅外。乔志远五岁的女儿娜娜与保姆站在门口迎候。这幢别墅外观与周围的那些别墅并没有什么两样，可是，别墅内部的装潢却富丽堂皇，让萧琴大为惊诧。萧琴只在一些影视上看过这么高档的装潢。

教完琴，乔志远开车将萧琴送回了教工宿舍。萧琴下车时，乔志远说，以后，都周五晚上给孩子上课吧，只要他没有要事，就来接萧琴。若有事，就让公司的司机来接萧琴。萧琴点了点头。

到了周五晚上六点半，乔志远开着宝马准时来了。接连几个星期，都是乔志远亲自开着宝马来接。乔志远一边开着车，一边与萧琴闲侃着。开始，萧琴还有些拘禁，话很少，大多时候是听乔志远在侃他是如何艰苦创业的，公司又是如何发展壮大的。后来，萧琴的话渐渐地也变得多起来。

有一次，萧琴问起乔志远："怎么我每次去你们家，都没有看到你夫人啊？"

乔志远沉默了片刻，长长地叹了一口气，不无伤感地说："分手了！去年，我送她去美国留学。可是，在我打给她一笔巨款后，她却消失了！"

"怎么会这样？"萧琴惊奇地问。

"我找人在那边打听，终于知道她原来与前男友在一起了！前男友是她大学同学，毕业后就去了美国的。"乔志远幽幽地说。

"我真后悔，不该跟你提起这个让你伤感的话题。"

"没关系，已经过去了。"

那次谈话后不久，萧琴教完钢琴后，随口问娜娜："你妈妈呢？怎么从来都没有看见过她啊？"

"萧老师，我爸爸说，妈妈去美国了，说是要很久很久才能回来。"娜娜抹了一下眼泪，说。

萧琴的心动了一下。

情人节那天，正好是星期五，当萧琴坐进乔志远的黑色宝马时，乔志远突然拿出一大束玫瑰……

二个月后，萧琴搬进了江城的另一高档别墅区里。娜娜的钢琴老师换了另一个人。

　　要不是萧琴挂念着娜娜钢琴学得如何，一个人开着乔志远为她买的红色宝马去那幢别墅，她就不会发现，原来自己不过是乔志远的一个情人而已！

　　那天，萧琴碰到了娜娜母亲，一个比她大不了几岁的漂亮女人。娜娜母亲热情地招待萧琴，感谢萧琴曾精心辅导她女儿弹钢琴。她们闲谈着女性感兴趣的一些话题。当萧琴有意无意地提到她去美国留学之事时，她叹了一口气说："唉，哪里是去留学啊！一年前，我得了一种罕见的病，只有美国能治。我去了美国，进了不少医院，找了不少名医，总算把病治好了，几天前刚从美国回来。"

◀ 丢失的舞台

　　她是音乐学院公认的校花，不仅长得漂亮，而且气质高雅。至于歌喉之美妙，同学中更是无人可以媲美。学校经常组织优秀学生外出巡演，她都榜上有名。每次，她一曲唱罢，台下的掌声经久不息。大家都相信，她红遍全国是指日可待的。

　　在她到各地巡演时，不知从何时起，总有一个男人跟着她。当她唱罢，他都会上台为她献上一大束鲜花。同学们窃议纷纷。有一次，她实在忍不住了，当他上台献花时，她一边微笑着接过花，一边悄悄地对他说："谢谢您对我的支持与鼓励，但希望您不要像影子一样跟着我，这样影响不好。"他尴尬地笑了笑，匆匆下台。到了下一座城市演出时，他依然上台献花……

　　同学们都知道，她已是名花有主了。那些暗恋她的男生一个个默默地抽身而去。

　　毕业汇报演出晚会上，她大出风头，音乐界重量级专家们无不对她赞赏有加。国家歌舞团的团长当场就对她说："你可以到我们团来，只要你愿意。"她万分激动，这可是她梦寐以求的啊！她感谢团长的好意，表示不久后就去报到。

然而，她最终并没有去国家歌舞团，而是住进了一幢豪华的别墅。在这里，她也偶尔唱歌，不过，听众只有一个，就是他，那位多年来为她献花的男人。每个月，他总会来住几天，听她唱歌，并陶醉在她的歌声里。

转眼便过去了三年。他已有三个月没有来了，她清楚地记得。她的心中有一种莫名的幽怨在萦回。那天夜里，他匆匆赶来。她温柔地说："听我唱首歌吧。"他摆摆手，说："太累了，早点休息吧。"她幽怨地望了他一眼。

第二天一大早，他又匆匆离去。他走后，百无聊赖的她打开录音机，唱起了自己最爱唱的歌。当她听自己唱的歌时，她惊呆了！这是自己唱的歌吗？这真的是自己唱的歌吗？泪潸然滑落。

四个月后，他又来到这座别墅，已是人去楼空。

多年后的一天，他在电视上看到了她。在国家歌舞团举办的一台盛大晚会上，她的歌声征服了现场的观众，在雷鸣般的掌声中，他看见舞台上的她，眼里漾着晶莹的泪花。

◀ 伤逝
·············

　　那天夜里，百无聊赖的青峰，又到网吧里消愁解闷。他轻车熟路地踅入一个论坛，径奔"情感天地"版。在这个版上，有着众多关于红尘男女的故事。那是别人的故事，在青峰眼里，有一些悲欢离合，似乎就是自己的故事。

　　青峰匆匆浏览着帖子标题。他随手点开一首《无题》诗："车入隧道 / 阳光隐身 / 黑暗之门打开了。"这首寥寥三行的小诗，直撄青峰内心深处那永远无法愈合的伤口。

　　来这座繁华的海滨城市打工一年多了，原以为逃离了那伤心之地——家乡与江城，随着时间的流逝，那个深入灵魂的面影会慢慢消褪，内心的伤口也会渐渐痊愈，殊不知，有些东西是不能遗忘的！网上曾有人感叹："忘记一个人，有时比记住一个人难上千万倍。"诚然！愈是逼迫自己忘记，思念反而愈加疯长。于是，下班后上网吧玩游戏或是看情感故事，便成了青峰排忧的方式。在网络游戏中麻醉自己，在那些悲情的故事中寻找慰籍——茫茫人海，伤心的人不只是自己啊！

是的，这绝对不能怪婷，青峰无数次对自己说这话。在那个偏远的山区小县，青峰与婷，从小学到高中，都是同学。过往的一幕幕情景，青峰均能从记忆之渊——打捞出来。譬如，小学四年级时，一次暴雨后，河水暴涨，过独木桥时，婷不敢过去，惊叫道："峰哥哥，我怕！"望着汹涌的洪水，尽管内心也怕极了，然而，他却很男子汉地说："妹妹，别怕，跟我走！"他牵着婷的手，一步步从独木桥上捱过去。过了桥后，汗水湿透了他的汗衫。又如，初中时，每到周末或者假期，他们都到山上去砍柴，坐在高高的山岗上，清风徐来，望着天空中倏来倏往变幻万千的白云，他们兴致勃勃地指指点点着。婷指着一朵神似狮子的白云，笑着说："那是你。"他指着一朵酷似凤凰的白云，说："这是你，山窝里飞出的金凤凰。"

高中毕业后，他们都没有能考上大学。其实，他们原本可以去上一些大学办的收费二级学院，通知书都来了。不过，他们都没有告诉家人。他们的家都太穷了，根本无力供他们上自费的大学。与其告诉父母能上大学却因家贫不能上，让父母内心不安，不如将真相深埋心底，独自咀嚼痛苦。上大学成了一个梦，他们相约，一同到外地打工。外面的世界很精彩，幸许能闯出一条路来。不是么，村里的那个刘木匠，早年到大城市去闯世界，几年后，出息了，在城里办了一家装潢公司的。村里，他家盖的三层洋楼，戳在一片土屋中，鹤立鸡群，分外豁目。村人教育子女，都拿刘木匠说事。

外面的世界的确很精彩，但外面的世界也无奈。他们来到江城，因没有任何专业技术，也不知吃了多少闭门羹。最后，青峰去了一个家政公司当搬运工，婷则去了一家小餐馆当服务员，他们的薪水都不超过一千二。他们偶尔见一次面，就去逛公园，望着那些城里人一家三口在公园里悠悠消闲，青峰静静地看着婷，说："有一天，我们也要过这种生活。"婷点点头，腮飞红晕。

然而，就在他们来江城打工的第三年，一天，婷收到母亲生病的消息。当婷匆匆赶回家时，母亲已病重。当母亲与婷独对时，母亲流着泪对她说："小婷啊，我这次怕是挺不过去了，死我不怕，只是因为家里穷，你哥的婚事耽搁了，我死不瞑目啊！"

"妈，我打工挣钱为哥哥讨媳妇。"

"小婷啊，你哥都三十二了，和你哥同龄的，孩子都念小学了。唉，我真不想跟你提那事——"

"妈，你有什么话就说吧。"

"你哥找了个对象的，也奔三十了，但人家要三万块彩礼。按说人家养这么大一个姑娘也不容易，但咱家连一万块也凑不起……村里的刘木匠，前不久，他老婆不知得了什么绝症死了。他托人跟我说，非常喜欢你，说要娶你。他比你年纪是大不少，但人品很好。只要你同意，你哥的事包在他身上，他还要把你哥带到城里跟他做事……小婷啊，妈对不起你啊！"

婷离开江城后，再也没有回江城。一个月后，经不住思念的煎熬，青峰动身了。当青峰赶回家时，婷已陪着母亲去省城一家有名的医院看病。听村人说，婷与刘木匠订婚三个星期了，婷同母异父的哥哥也与那个大龄姑娘订了婚……

　　青峰第二天就离开家乡，他没有回江城，而是去了遥远的南方这座海滨城市。他清楚，一扇门已在身后关上了！

◀ 爱的承诺

　　"你一下班就躲在书房里写、写、写，写出的东西又不能换成银子，我真是瞎了眼了，当初怎么就看上了你这个榆木头！跟着你穷受罪！你看人家白刚，虽然没有什么文化，但却多能挣钱！我的那位脸上有雀斑的同学丽丽嫁给了他，披金戴银的，多风光！我跟了你这么多年，项链至今都没有一条。要知道，当初，白刚喜欢的可是我啊！哼哼，真是人比人气死人！"厨房里的芳一边洗碗，一边骂着趴在桌上奋笔疾书的青。

　　"亲爱的，你跟我受苦了！我要写一本献给你的书。等我的这本书出版后，我要用稿费为你买一挂精美的项链！"青走进厨房，搂着芳温柔地说。

　　"嘿嘿，你用稿费为我买项链？"芳一把推开青，讥讽地说。

　　青郑重地点点头，说："亲爱的，相信我，我一定会实现的！"

　　"呵呵，那要等下辈子吧！"芳挖苦道。

　　过了一年又一年，青依然写着，芳抱怨之声越来越频繁地响起。

一天，当青下班后回家，发现房门紧锁。这是从来没有过的事。一种不祥之感涌上心头。他匆忙打开锁，见桌上放着一张纸条，上面是妻子那娟秀的字迹："我要去寻找新的生活，你不用找我了。"青的泪潸然滑落。他不恨芳，只恨自己太没用。

青更加拼命地写着，他要兑现自己对爱妻的承诺。

外面的世界很精彩，外面的世界也无奈。三年后，在外面闯世界的芳陷入困境，她不由想起了深爱着她的青……

一个月白风清的晚上，当芳怀着惴惴不安的心情走进家时，发现青的书房门虚掩着。她轻轻地推开门，见青趴在书桌上，似乎睡着了。书桌上，摆着一本名字叫《爱在远方》的书，封面上赫然写着"谨以此书献给心爱的青"之语，书边是一挂她梦寐以求的精美铂金钻石项链！

刹时，她的眼里泪水汹涌。

◀ 前妻

当年，他和芸来这座城市打拼时，就租住在这间仅有几平方米的小小出租房里。许洪茫然地打量着寒伧的出租房，挂在衣架上的那套旧西服已好久未洗了，床头柜边的那个旧皮箱曾伴他走南闯北多年……

许洪的眼里溢出泪水。突然，他吃力地从床上坐起来，斜倚在床头，大口大口地喘着气，额头上沁出豆大的汗珠。他怔怔地望着床头柜上的手机，几次想去拿，却又在中途将手缩回来。也不知过了多久，仿佛下了很大决心似的，他终于抖抖索索地拿起了手机。

"芸，我——"许洪努力挤出这两个字，却再也挤不出下文。电话是通的，可是对方却默默无声。

许洪感觉喉头发痒，胸口闷得慌，便拼命地咳了一通，朝床边的痰盂里连吐了几口痰，痰里尽是血丝。他一惊，不由地又咳了起来。

"怎么了？你！"对方的话语里充满了焦急。

"芸，我，我，对不起你！"许洪断断续续地说。

第四辑 红尘情感

"你到底怎么了？是病了吗？"

"嗯。芸——"

"红呢？她不在你身边？"

"芸，我，我对不起你！"

"我问你，红呢？"

"走了。"

"她，走了？！"

"嗯。芸，我——"

"过去的事，别提了！你在哪？"

"我，我，在我们初来这里时租住过的出租房里。"

"洪，你怎么不去医院？"

"我，我——"

"洪，你不用说，我都知道了。"

芸挂断了电话。许洪呆呆地握着手机，眼里泪水汹涌。他清楚地记得，这是他们分手两年来，芸第一次喊他"洪"的。过往的事刹时涌上心头。

十三年前，他们带着东挪西借来的一万八千块钱，来到这座陌生的城市闯世界。许洪退伍前是连队的炊事员，曾获得过军区烹饪大赛的银奖。在大城市里开个小饭馆，自己做老板，芸做老板娘，这是他最大的梦想。他们在一个不起眼的街角，盘下了一个小饭馆，取名"洪芸饭馆"。当时，他笑着对芸说，芸啊，这个名字里，嵌入了咱俩的名字哩，又与"鸿运"谐音的。

开业伊始，"洪芸饭馆"的生意并不好，但随着来吃过的顾客们对菜肴的赞不绝口，"洪芸饭馆"在城里的知名度迅速提高，生意很快便红火起来。每天，他们都要忙到晚上十一点多，才一身疲倦地回到出租房，第二天天不亮，又揉着惺忪的睡眼匆匆往菜市场赶。尽管累，但他们感到非常快乐。每天晚上，他们躺在床上，有着说不完的话。

十年后，许洪在热闹的地段盘下了一个大酒店。他早已不亲自下厨了。芸也不在饭店里帮忙了，守在别墅里，安心教养五岁的儿子。

芸做梦也没有想到，许洪会做出对不起自己的事。一天夜里，喝得醉醺醺的许洪流着泪，跪在她面前，抽打着自己的脸，说红有了他的骨肉，以死相逼，要他娶她……芸哭了一夜，第二天，她神情憔悴地对许洪说，你走吧。他们很快便办理了离婚手续。儿子跟了芸，许洪将别墅给了芸，另外给芸一张150万的银行卡。

后来，当芸终于知道了红其实并没有怀孕，是故意骗许洪后，芸又痛哭了一场。

许洪与红婚后的第二年，不知得罪了哪路神仙，被人暗算了。先是市里一位领导在许洪的大酒店里为儿子举办婚宴，结果参加婚宴的人都出现上吐下泄的症状。领导大为光火，许洪的酒店被有关部门处以重罚，还被责令无限期关停整顿。正当许洪准备再贷一笔款重打锣鼓另开张时，不料，各家银行约好了似的，不但都对他说不，还催逼他还以前欠的贷款。

五个月后，在许洪的大酒店被拍卖前，红突然远走高飞了。那段时间，许洪一下子苍老了许多，有时他真想跳楼，一了百了……

门"咯吱"一下开了。芸牵着儿子的小手，走进狭小的出租房。

"芸，你——不恨我吗？"许洪挣扎着想爬起来。

"我不想儿子失去父亲。"芸望着窗口，幽幽地说。

窗外，站着一株合欢树，绿荫如伞，繁花点点。

第五辑

搜奇记逸

◀ 大匠

清溪镇的能人扎堆儿，五行八作都有呱呱叫的。

俗话说，高山出俊鸟，深谷藏幽兰。这块出能工巧匠的风水宝地，焉能无"德艺双馨，泽被后世"之大匠？有好事者，便去拜谒镇里德高望重的耆老们，请他们四月初二到鲁班庙中公推大匠。

四月初二是清溪镇的匠人们祭拜祖师爷鲁班的日子。这天，鲁班庙前，杀猪宰羊，搭台唱戏，人山人海，热闹非凡。一班耆老们，则神情肃穆地端坐在鲁班庙大殿，在檀香木鲁班雕像前，公推大匠。

"钱麻子的菜刀，吹发立断，削铁如泥，远销岭南，可称大匠。"

"风闻钱麻子品德不端，与有夫之妇私通。德有亏者，焉能称大匠？"

"沁芳茶馆的老板柳如逸，不但焙茶技艺高超，更有闻香识茶的绝技，常在茶馆中表演。他立于三丈开外，让茶客用长长的黑布条将他的眼睛蒙上整整十八圈。仅凭那似有若无的微弱茶香，他便能辨清西湖龙井、顾诸紫笋、寿州黄芽、蒙顶石花、方山露芽、夔州香雨、邕湖含膏、西山白露、仙崖石花、绵州松岭等天下名茶，百测百准，千测千灵，可称大匠。"

"柳如逸固有奇技，然而，好于人前露才扬已。汲汲于名者，难称大匠。"

"陆木匠雕的东西比活物还灵。屋梁上只要放一尊他雕的黑猫，前三进后三进的偌大宅院，老鼠就再也不敢靠近了！可称大匠。"

"陆木匠私下有非议其师之语，自谓青出于蓝。不敬师者，焉能为大匠？"

"雷天罡的炮仗不一般，有绝活。单说那'惊天霹雳'，声闻数里，蹿得更是比清溪边的摩天岩还高。他亦乐善好施，常常周济邻里。有才有德，可称大匠。"

"听说雷天罡的徒弟们常常私下抱怨，师傅只教给他们一些普通炮仗的做法。那些秘技，只传其子，从不传给他们外姓徒弟。师者，当有教无类，焉能有内外之别？"

耆老们争议了一整天，最终竟然无人获得大匠之美誉。轰动一时的公推大匠之事，因无人上榜，很快便从人们茶余饭后的闲谈中淡出。

谁也不会料到，多年后修的镇志上，会赫然出现"大匠"一词。

话还得从公推大匠的次年说起。是年秋天，一支鬼子中队侵入清溪镇，烧杀淫掠，无恶不作。清溪镇的老百姓们生活在水深火热之中，那些能工巧匠则纷纷逃往异乡讨生活。

不久，清溪镇的高山密林中出现了一支专打鬼子的敌后游击队。他们昼伏夜出，神出鬼没，最擅伏击战与地雷战。那次，鬼子的一个小队被诱入布满踏雷、绊雷、碎石雷、连环雷的野猪谷，遭到游击队的伏击，惊惶失措的鬼子在地雷阵中狼奔豕突，鬼哭狼嚎……战斗仅仅进行了两个时辰，30名鬼子便被全部歼灭。此战后，鬼子们无不闻雷色变。

五年后，抗战胜利的消息传来，清溪镇举行盛大的庆典。游击队队长在致词中，哽咽地提到一个人："今天，我们要特别感谢本地的一位英烈。是他，教会了我们战士制作土地雷……他为了发明威力更大的地雷，在一次试制中，不幸为国捐躯……"

两支银凤钗

◀ 当兵的郎中

多年后，在军医大学中医系任教的柳吟风，还会经常想起当年参加新四军抗日游击队的那段峥嵘往事。

那年，盘踞在青枫镇上的日本鬼子，经常受到抗日游击队的伏击。伤员很多，靠几个军医，根本无法应付。中队长松井右二急得如热锅上的蚂蚁，团团转。有个汉奸对松井右二说，青枫镇有个叫柳吟风的郎中，出身中医世家，专治跌打损伤，医术精湛，太君何不让他来为皇军疗伤。松井右二大喜，忙让小队长中村带十几个鬼子去二十里外的柳家坪"请"柳吟风。

鬼子们未到，消息已传到了柳吟风的耳里。他大吃一惊，打算远走他乡，但想到上有老，下有小，自己一走，家人可能就要遭殃，便放弃了出走的念头。他苦思对策。突然，他眼睛一亮，匆匆去药房里，找来一些巴豆吃了，便躺到床上，待鬼子们来了再与之周旋。

中村带着鬼子们来到柳府，听说柳吟风病了，并不相信，气势汹汹地径直闯入卧室，见柳吟风果然躺在床上，方才消了怒色，说明来意。柳吟风一边喘着粗气一边说自己年纪大了，这一病还不知能不能好起来……中村在房里坐了一盏茶的功夫，柳吟风就被家人搀扶着去了三趟厕所。中村掩着鼻子，狐疑地打量着柳吟风，与翻译官耳语了几句。翻译官对柳吟风说："太君说了，就住在柳府了，等你病好了，再随太君去青枫镇。" 柳吟风听了，心下一沉。

鬼子们果真就在柳府住下来了。当夜，柳吟风躺在床上，辗转反侧。跟鬼子去吧，为那些残杀中国人的恶魔疗伤，他一百个不愿意， 治好了这些恶魔， 他们又会去屠杀中国人的。可是，不去吧，这些鬼子天天住在他家里，还不知会做出些什么丧尽天良的事来！唉，自己也一把老骨头了，倒没有什么可怕的，最担心的还是自己那十九岁的小女儿柳凤，要是有个三长两短……天快亮时，他的脑海里忽然浮现一个人的身影。

半月前的一天深夜，有人来敲门，说是有家人受了严重刀伤，请他去治病。一顶小轿在黑夜中疾走如飞。当柳吟风拎着药箱走出小轿时，才发现已身处回龙山老寨中了。这时，一位腰间别着一把手枪的魁梧汉子大步流星地迎上来，向他敬了一个军礼，朗声说："我是抗日游击队的队长肖剑，深夜请您来，只因一个战士被鬼子射中了左腿，伤得厉害，血流不止……万不得已，只得请您上山，还请多多包涵！"

早晨，柳吟风见守在卧室门口的两个鬼子去堂屋吃饭了，便轻声向送饭来的老妻如此这般地交待了一番。

三天后的深夜，二十几个黑影悄悄接近柳府后门。门轻微地"咯吱"了一声，那些黑影一一闪入门内，将昏睡中的鬼子全部生擒。这些鬼子，晚饭中都喝了那盆美味的肉汤。他们做梦也没有想到，汤中下了柳吟风用曼陀罗花制成的蒙汗药。

　　次日，村民们发现柳府已人去室空。

　　不久，有个进山砍柴的人悄悄向乡亲们透露，在回龙山上，看见柳郎中带着他的小女儿柳凤在一个山坳里挖草药。

◀ 两支银凤钗

父亲临终前，翕动着干瘪的嘴唇，叮嘱我："收来的银器，无论多么精美，都要在卖者面前，立刻毁坏。"我的眼泪止不住地溢出眼眶。

清溪镇，提起我的父亲，没有人不知道的。清溪镇伢子们脖子上挂的银项圈、长命锁，大姑娘小媳妇们佩戴的银钗、耳环、手镯，大多出自我父亲之手。那些银饰，无不精美。

我家是银匠世家。熊氏银铺就座落在清溪镇的码头边。银铺虽小，却已有上百年的历史了。咸丰年间，我父亲的祖父已将银铺开在这里了。清溪镇人都清楚，熊氏银铺有个不成文的规矩，不收异姓徒弟，只传嫡长子。

我的祖父去世后，熊氏银铺里，就我父亲一人，既当老板，又做伙计。父亲特别爱琢磨手艺。每次去省城，眼睛总爱往大姑娘小媳妇们的头上、脖子上溜，有一次，被人当作不正经，打得鼻青脸肿的。父亲不长记性，下次去省城，眼睛又会不由自主地往大姑娘小媳妇们身上瞅。看到造型精美特异的银饰，回来后，父亲就会仿制。父亲制作的每一件银饰，都是独一无二的。乍看，有些银饰似乎差不多，若细察，还是能发现其中的细微差异。清溪镇人都说，父亲的手艺虽传自我祖父，但已青出于蓝而胜于蓝了！

父亲的银铺也兼收旧银饰。有人遇急事抵头了，又无处借贷，便将家中银饰拿来卖给父亲。这些收购的银饰，哪怕是父亲亲手制作的，也会在坩埚里化为银水，不久，便又变成另一精致银饰，佩到了别人的身上。

然而，在我出生后三个月时，父亲却犯了一生中都后悔莫及的一个错误。一天傍晚，一位异乡人匆匆来到熊氏银铺，递给父亲一支银凤钗。父亲打量着银凤钗，当即就惊呆了！这是一支无比精美的银凤钗，钗头上的凤栩栩如生。父亲将钱付给异乡人后，叹息了一声，没有立刻毁坏银凤钗。

接连多日，父亲一干完活计，就拿起银凤钗点点滴滴地琢磨。父亲时而蹙紧眉头，时而会心一笑。父亲终于动手仿制银凤钗。三日后，父亲仿制的银凤钗诞生了！除了父亲自己，谁也分不清两支银凤钗，谁真谁仿。看着这对孪生姊妹般的银凤钗，父亲内心充满了矛盾。要送一件自己最得意的银凤钗给我的母亲，这是当年父亲与母亲在清溪边的那棵老槐下私订终身时，对母亲的郑重承诺。可是，盯着那件美仑美奂的真品银凤钗，父亲却怎么也下不了手。父亲最后叹了一口气，再多留几日吧。

父亲没有料到，就在他成功复制出银凤钗的翌日，那位异乡人又匆匆踅入银铺，焦急地对父亲说："熊师傅，我前几日卖给你的那支银凤钗还在吧？我想赎回来。"父亲一愣，自己最担心的事终于发生了！父亲正要开口，那人扑嗵跪在地上，泪流满面地说："熊师傅，那支银凤钗是我家的祖传之物，我许诺送给一个人的。那天毒瘾发作，我一时糊涂……熊师傅，那天我见你没有当场毁坏的……熊师傅，要是没有了银凤钗，我也不活了！"

一日，母亲抱着我到镇上最大的那家丝绸铺挑绸料。在丝绸铺里，母亲看到一位妖娆的女子，她的头上也插着一支银凤钗。母亲细细打量着，与自己的一模一样。当晚，母亲在父亲睡熟后，悬梁自尽了。

母亲在绸缎铺遇见的那个插着银凤钗的女子，是清溪镇天香楼的花魁春香。

◀ 试雏

眼见得自己的精力一天不如一天，钱仁越发觉得是该让钱贵去外面历练一番了。不然，以后将拥有十几个分店的天福大药房交给从未出过长沙城的这个独生儿子来接掌，实在是太不放心了！钱仁素来坚信：雏鹰不经历风雨，永远长不大！

那天，当儿子又来央求父亲派他去独掌一家新开分店时，钱仁便说，我交给你一个任务，在一个月内，独自去湘西购回五千斤上品天麻，若能如期完成任务，那个分店就交给你打理。钱贵满口应下了父亲的条件。

三天后，钱贵到了湘西。在边城的一家客栈住下后，钱贵就忙碌起来，五天之内，已跑遍了附近的十几座苗寨，可是，仅收购了几十斤上品天麻。钱贵心急如焚，按这样的进度，三十天内根本不可能兑现自己向父亲夸下的海口！

正当钱贵一筹莫展之际，一位苗家汉子来到钱贵下榻的客栈，介绍他去一座偏远苗寨，说那里不但盛产天麻，而且都是上上之品。钱贵大喜，付完赏钱后，简单收拾了一下，便按那人提供的路线，只身前往。一路上，山高谷深，罕遇行人。傍晚时分，突降大雨，钱贵躲入路边的一个山洞，准备暂住一宿，待天亮雨停后，再继续赶路。

钱贵打着火把察看山洞，洞有几间屋的光景，旯旮里卧一龟状巨石，巨石与洞壁间有裂隙，可容一人侧卧。他将火把放在巨石上，便蜷缩到石隙里歇息。虽然很疲乏，但他不敢入睡，强打精神硬撑着。不知过了多久，火把燃尽了，他也迷迷糊糊地打起了瞌睡。

迷糊中，洞中忽生异响。钱贵心下一惊，猛然睁开眼，悄悄伸头探望，不由地倒抽一口冷气。洞里竟多了两个人！坐在洞中央的那位光着膀子的壮汉，长脸上斜着一道狰狞的疤痕，正向着火堆烤湿衣；另外一位黑衣人则面壁而立，一动不动，看不清长啥模样。打劫的强人！钱贵闪过这个念头后，忙将头缩回，心里不停默念着"菩萨保佑"。

约摸过了一个时辰，雨停了。壮汉穿上衣服，咕哝了一句什么，那个黑衣人便一蹦一跳地跟着他出了山洞。

钱贵悬着的心这才稍稍放下，但仍不敢合眼。捱到天放亮，他急忙走出山洞，匆匆赶路。

走出没多远，迎面走来一位佝偻着身子的枯瘦老人。老人打量了一眼钱贵后，突然露出惊疑的神色，怜惜地说："年轻人，你的气色很不好，是不是碰到了什么不干净的东西？"

钱贵一惊，将昨夜惊险的一幕告诉了老人。老人捋着山羊胡子，点着头说：“这就对了！你知道么？你碰到的根本不是什么强人，而是赶尸的！”

“老人家，您怎么知道？！”钱贵惊问道。

“老夫是寨里的巫师，你已被尸气所侵，丧魂失魄，得老夫念咒作法驱之，在每天的子夜时分，还需吞服老夫秘不外传的壮阳还魂丹，一次一枚，连服二十天，方能收魂敛魄，否则性命难保！”

钱贵大惊失色，“扑嗵”跪在地上：“大师，请救救我！”

“作法将损老夫的阳寿，不过救人一命，胜造七级浮屠，老夫不能见死不救，只是这壮阳还魂丹无比珍贵，乃东北长白山的老参等数十味名贵药材精炼而成……”

望着钱贵踽踽而去的背影，老人晃了晃装满银锭的沉甸甸布袋，脸上露出诡秘的一笑。这时，从一块巨石后闪出两条人影……

一个月后，钱贵神情沮丧地返回长沙城。当他跪在父亲面前，痛哭流涕地诉说自己的遭遇时，父亲却打断了他的话，幽幽地说：“抬起头吧，你看看谁来了！”

这时，钱贵的耳边响起一个熟悉的声音：“年轻人，你的气色很不好……”

◀ 悬壶济世铸医魂

　　青龙镇出能人。单说"仁心济世杏林茂，和气致祥橘井香"的百年老字号甄氏接骨堂的甄家，就能人辈出，先后出了甄仁、甄义、甄道、甄德，个个是遐迩闻名的接骨师。

　　其实，甄仁年轻时是青龙镇威武镖局的镖师，并不会接骨术。一次押镖时，他与黑风寨的劫匪激战，折了左臂，被一个身怀绝技的游方郎中治好了。后来，那游方郎中不幸被黑风寨的土匪掳入山寨，威逼利诱，要其入伙，专为土匪们接骨治伤。困在土匪窝中，游方郎中每天暗自垂泪、长吁短叹。甄仁听说恩公被劫，心急如焚。在一个月黑风高之夜，他悄悄潜入黑风寨，用迷药放倒了看守的土匪，将恩公救出。那游方郎中见甄仁是个侠肝义胆、知恩图报的好汉，便将接骨术传给了他，还留下了一本线装医书。甄仁有接骨术在身，便不愿再过刀光剑影的走镖生涯，在青龙镇上开起了济世救人的甄氏接骨堂。

　　甄氏接骨堂自创立以来，百年间救人无数。提起甄家的几代接骨师，青龙镇的乡亲们无不交口称赞。现在坐堂的甄德，系甄氏接骨堂第四代传人。甄德不仅有接骨绝技，而且人如其名，德字当头，有仁有义，颇有祖上之风——神手仁心书大爱；悬壶济世铸医魂。

甄德从父亲手中接下甄氏接骨堂后，做的第一件事，便是不再卖红花油、三七粉、云南白药、活血止痛膏等治疗跌打损伤的常见之药。患者若需要用这些药，他总会指着街对面的药房说，那里就有卖的。乡亲们私下就笑话，说甄德空有一身本领，可惜的是，人实在太傻了！送到嘴边的肉竟然不吃，反倒白送人！有明眼人反驳道，不与别人抢食，给别人活路，这不是傻，而是仁啊！

有个外地患者，脚踝疼痛不已，去了不少地方治疗，中药吃了一麻袋，膏药贴了百余张，针灸了三月有余，却没什么起色。听说甄氏接骨堂有能人，还有一贴就灵的神药甄氏接骨膏，忙从百里外驱车赶来。

甄德仅摸了一下脚踝，便说："没什么大毛病，以前肯定扭伤过，脚踝发炎了，骨头里有点积液，去对面药店买瓶红花油，每天在痛处用红花油按摩两次，不出十天，疼痛便可缓解。"

那人心下暗叹，果然是高人，与医院里做的核磁共振结论完全相符！不过，他仍有犹疑，忍不住问道："怎么不用甄氏接骨膏？"

"甄氏接骨膏治断骨虽有奇效，但用于治骨头积液，见效慢，至少得贴三个月。常言道，要对症下药，说的就是这个道理。"甄德望着一脸疑惑的患者，解释道。

听了甄德的一番话，他悬着的心放了下来。出了"甄氏接骨堂"，他便去对面的药店里，花20元买了瓶红花油带回去。用红花油按摩了不到十天，果然隐痛消除了。他逢人就夸甄德是位德艺双馨的杏林圣手，还送了一面镶着"日暖杏林春境界，泉香橘井水襟怀"的锦旗给甄氏接骨堂。

没有患者时，甄德就让老婆杏花守着甄氏接骨堂，自己则提着药锄、背着药篓，去山里采集药店里买不到的一些特殊药草。因为配制甄氏接骨膏时，需要添加这些特殊药草。

有一次，甄德去镇边的青龙山上采药。山谷中突然传来惨叫声。甄德急忙下到谷底，发现躺在地上惨叫的是镇上的老光棍阿贵。他去悬崖上摘石耳，不料失足跌下，摔伤了右腿。甄德忙给杏花打电话，让她带上所需的接骨之物，火速赶来。

半个小时后，杏花背着药箱匆匆赶来。甄德从药箱中取出一枚银针，先将受伤处的瘀血放出来，接着轻轻地将碎骨捏移到原先位置。然后，又从箱中掏出一张杉木皮，敷上一些黑乎乎的甄氏接骨膏，将杉木皮绑在骨折的部位。前后不到一盏茶的工夫，便完成了接骨。

甄德又制作了一副简易担架，夫妻俩将阿贵抬回甄氏接骨堂。

因阿贵上无父母，下无子女，无人照料。夫妻俩除了每天为阿贵换一次药膏，还要照料阿贵的日常生活。

十几天后，阿贵可以拄杖行走了。他回到家中，把平时卖山货攒的那点钱全拿来了，死活要塞给甄德。

"乡里乡亲的，帮这点小忙算什么，谁没个难处？"甄德将钱塞回阿贵的衣袋，感慨地说，"何况，你挣点钱太不容易了！"

据说，当年甄仁创立甄氏接骨堂时，曾立下家训：一是穷苦人不收费；二是医术不外传，传男不传女。

甄德的祖父与父亲都恪守家训。到了甄德，第一条与先辈们一脉相承，第二条却被他破了。他不仅将接骨术传给了女儿，还将那本泛黄的线装医书也送给了女儿。

每当有人跟甄德谈论破家训的事儿，他总笑呵呵地说，当年祖上之所以"医术不传外人，传男不传女"，是怕心术不正的外人学到了接骨术，会害人。要知道，接骨术能救人，也能害人啊！而今，咱家就这么一个女儿，总不能让接骨术断在咱手里吧？何况，女儿正在医科大学读博士，如能"习传统古为今用，采众长中西结合"，以后去大医院做医生，或去大学里做老师，接骨术不就有了更大的用武之地吗？祖上若有知，一定会赞同的！

◀ 和尚桥

　　回龙镇清溪河畔有两户隔河相望的人家。一家姓张，在河东；一家姓李，在河西。河畔只有这两户人家，按说该和睦相处。可是，两家却为了河西岸边的一棵大榉树，争斗了几十年。张家说树是祖上栽种的，应归张家；李家说树在自家地盘上，应归李家。公说公有理，婆说婆有理，谁也不让谁。有几回，骂着骂着，还动了手，幸亏都只是些皮外伤，不然，后果不堪设想。

　　那年秋天，有位慈眉善目的老和尚来回龙镇化缘，听说了张李两家相斗之事，念了一声"阿弥陀佛"后，当即动身，要去化解两家的怨仇。

　　三天后，清溪河上张李两家之间出现了一座独木桥。那独木，正是那棵大榉树。

　　乡亲们无不称奇。有好事者私下询问老和尚："大师，您用了什么妙法，让张李两家心甘情愿地伐树架桥的？"

　　老和尚双手合十，幽幽地说："老衲对他们说，那棵大榉树是妖树，不吉祥，会破坏两家的风水，轻则破财，重则有血光之灾。唯有将其捐出来架桥，供千人踩、万人踏，方可化解灾祸！"

"那棵大榉树真是妖树吗？"那人半信半疑地问道。

"阿弥陀佛！若非妖树，怎么会让张李两家为其争斗几十年？"老和尚反问道。

那人不由点了点头。

自从架起了那座独木桥后，附近的乡亲们再也不用多绕几里路过河了。当他们从独木桥上走过时，看一眼桥东头的张家，又看一眼桥西头的李家，都纷纷称赞两家的功德。

张李两家的关系也日渐好起来，后来还结成了儿女亲家。

为了感念那位老和尚，两家商议后，一致同意将独木桥称为"和尚桥"。

◀ 闻香识茶

义兴城里新开了一家"萃芳茶馆"。为了招徕生意，茶馆老板想出一个奇招——凡能表演与茶有关之绝活者，不但供其食宿，而且支付丰厚佣金。

消息不胫而走，不少奇人前来献艺。几经筛选，老板只留下那位能倒立着用鼻子饮茶的奇人，请他每天表演几场绝活，为茶客们助兴。此招果然奏效，茶馆的生意十分红火。

一天午后，茶馆里座无虚席。茶客们一边悠悠品茗，一边欣赏表演，不时爆发出喝彩声。正在大家兴致盎然之际，一个苍老的声音乍然响起："阳羡之茶，芳香冠世。品茗乃风雅之事，竟用如此粗鄙不堪的雕虫小技娱之，岂不荒唐！"

众人循声望去，发现茶馆的门口站着一位白发飘飘的清瘦老者。

"你有何能？竟敢出此大言！"有人不屑地说。

"闻香识茶。"老者淡淡地说。

"闻香识茶？这也算本领？呵呵，我品茶数十年，也能闻个八九不离十嘛！"有人讥笑道。

茶馆里顿时响起一片哄笑声。

"蒙眼。"老者依旧淡淡地说。

柜台后的老板一听，心知来了高人，忙迎上前来，恭请老者上台表演。

长长的黑布条在头上缠了整整十八圈后，老者端坐几案边。

表演正式开始。茶馆伙计拿出十盒贴着标签的名茶与十个精致茶壶，放在表演台角落的那个几案上，然后，拿起其中一盒，向茶客们晃了晃后，捻出数茎茶芽，放入壶中，注入开水，送到老者面前的几案上。

"阳羡紫笋。"

台下一片叫好声。

不一会儿，伙计又端来一壶茶。

"这壶里泡有寿州黄芽与蒙顶石花。"

台下又是一片叫好声。

很快，伙计便端来第三壶茶。

老者嗅了下氤氲的茶香，脸色微变，从伙计手中接过茶壶，细嗅冉冉飘逸的茶香。约摸半炷香的工夫，老者悠悠地说："这壶里泡有方山露芽、夔州香雨、邕湖含膏、西山白露、仙崖石花、绵州松岭。"

台下欢声雷动。

"还要再试么？"老者沉声问道。

"不用再试了！老人家真可谓茶仙！"老板忙不迭地说。

众茶客纷纷附和。

"敢问老人家尊姓大名？"老板一脸谦恭地问道。

"四海浮，天上飞。"老者丢下这句莫名其妙的话后，飘然而去。

老板一头雾水地愣在那里。茶馆里鸦雀无声。

突然，一位书生模样的茶客惊叫道："如果我料得不错，这位老人家当为茶圣陆羽。'四海浮'的是陆，'天上飞'的须有羽，合起来便是陆羽。"

◄ 走与停

古代有位高僧，年逾古稀，自知来日无多，决定在众多弟子里觅一位继承衣钵的。他最属意的是大弟子澄静与五弟子悟然。澄静木讷，悟然灵慧。高僧权衡逾旬，仍举棋不定。

一日，高僧忽生一念，何不让两个爱徒同做一事，观其慧根。

几日后的一个凌晨，高僧召来两位爱徒，叫他们徒步去寺院对面的南山之巅，在飞来石旁的一棵歪脖子松树上各取一枚松果，尽量于日落之前赶回。两位弟子早知师傅打算传衣钵之事，都清楚这是师傅在考他们，当下应诺，便上路了。南山去寺院五十余里，荒草没径，崎岖难行，一日往返，大不易。

悟然毕竟年轻，腿脚利便，一个时辰后便将师兄甩在后面了。澄静呢，则兀自不紧不慢地走着。

太阳距西山一鞭之际，高僧在山门迎回行色匆匆疲惫不堪的悟然，遂带其入禅室密谈。不久，悟然出。众师兄弟忙追问师傅所询，悟然面有得色地说："没什么，师傅但问'一路上何所见'?

我对之'一意赶路，心无旁骛'。"

子夜时分，澄静才趁着漫天月色缓步徐行地踱回寺院。一值院的师弟焦急地告诉澄静，悟然已于日落前回矣，澄静淡然一笑："我料得悟然师弟已早回。"在师弟的引领下，澄静前往禅房面谒师傅。次日清晨，澄静才从师傅的禅房里踅出。众师弟又来打探消息。澄静淡然地说："师傅只问'一路上何所见'？我就如实一一禀之。"

寺院早课毕，高僧召集众弟子，宣布了继承衣钵的弟子——澄静。

见众弟子大惑，高僧徐徐云："澄静与悟然都采回老衲遣人做过标记的松果，均心诚。悟然一心赶路，别无旁骛，固然可嘉，然则，至多修个自了汉。澄静一路上赏山赏水赏奇石赏松风赏天籁，见老叟荷薪而帮负，遇迷途旅人而引路，分干粮予乞丐……澄静走走停停，其走其停，率为本性，两相宜也。证性悟道，须走且走，须停且停，走亦走，停亦走矣。揆诸天下事理，夫事理芸芸，殊途同归矣！"

众弟子心服之。

第六辑

悬疑天地

◀ 枪口

　　托马斯与贾斯汀都是优秀狙击手。不同的是，托马斯在北方军队中服役，贾斯汀在南方的军队中服役。在血雨腥风的战场上，他们猎杀了数不清的"敌人"，也都曾无数次死里逃生。

　　内战结束后，托马斯与贾斯汀都回到了洛基山深处的那座美丽的故乡小镇。

　　一天，托马斯在路上遇到拄着拐杖的贾斯汀。他们热烈拥抱后，坐在路边的草地上，默默地望着对方。当托马斯的目光无意中掠过贾斯汀的那条瘸腿时，立刻触电般弹开了。贾斯汀也不敢与托马斯的那只假眼对视。

　　空气凝滞了似的，死一般静。只有附近林子里的什么鸟儿，偶尔发出一二声唧啾。

　　突然，托马斯指着不远处的一棵橡树，说："还记得吗？那年，我俩在那棵橡树上玩耍，我一不小心掉了下来，崴了脚。当时你那么瘦弱，硬是一步一步地将壮得像小牛的我背回了家。"

"当时你一挪步就痛得呲牙裂嘴的，……可是，快到家边时，因怕母亲责骂，你硬撑着一瘸一拐跛回家，那样子滑稽极了！"

"其实我的担心完全是多余的，母亲并没有责怪，只是叮嘱我以后玩耍时要多加小心。"

"托马斯，那次咱们去河里游泳，我的脚痉挛了，要不是你将我从水底托起，拼命向岸边游，我准没命了。那时的河水多深啊，现在似乎浅多了。"

"呵呵，贾斯汀，河水没变浅，是我们长大了。"

"时间过得真快啊，一晃十几年过去了！那时，这里的每一寸土地上，都飘荡过我们的欢声笑语。"

"是啊，可惜那样的快乐时光再也回不来了！"

两人畅谈了很久，才再次相拥分别。当托马斯走出几步后，忽觉背后似乎有个枪口正对着他，不由下意识地回头，却发现贾斯汀也正回头，两人都尴尬地笑了。

又一天，他们再次相遇，依旧是热烈拥抱，畅谈好一番后才分别。当托马斯走出几步后，又感觉背后好像有个枪口正对着他，便又下意识地回头，发现贾斯汀也回头了，两人又尴尬地笑了。

半年后，贾斯汀从小镇上搬走了，去了一个很远很远的东部小镇。

那天，当托马斯路过贾斯汀那座空空荡荡的小木屋时，突然感觉某个窗口似乎有个黑洞洞的枪口正对着他……

第六辑 悬疑天地

◀ 重生

傍晚，送走最后一位客人后，老王匆匆将门虚掩上，奔向对面的药店。

当老王拿着胃药急急推开理发室的玻璃门时，发现室内站着一个蓬头垢面的年轻人。老王怔了一下，晃了晃手中的药瓶，抱歉地说："小兄弟，真是不好意思，让你久等了！老胃病又犯了，刚才买药去了。来，坐下，先来洗个头。"

年轻人犹豫了一下，坐到了洗头盆边。

"小兄弟啊，这头发嘛，也是男人的名片哩，你这头发早该理理的。"

年轻人一声不吭。

洗完头，老王拍了拍转椅。年轻人坐上转椅，老王打量着他的头发，问道："小兄弟，你喜欢什么发式？"

"随便吧。"

"现在年轻人中流行板寸头，精神哩！"

“那就板寸吧。”

“听小兄弟的口音，是江北人？”

“嗯。”

“真巧，我也是江北人，来江城二十多年了，想不到今天会遇上你这个小老乡。你是来江城打工的吧？”

“嗯。”

“江城人有些欺生，尤其是看不起咱江北人，小兄弟，你有什么困难，可以来找我。”

“嗯。”

理完发后，年轻人慌乱地掏着口袋，脸越涨越红。

老王一把按住他的手，说：“小兄弟，咱们是老乡，这次免了。”

“那怎么好意思呢。”

“你要是认我这个老乡，就给我个面子！”老王有些生气地说。

“谢谢您！老伯。”年轻人看了看镜子中焕然一新的自己，说。

年轻人昂首走出门，来到街道拐角处那个偏僻的垃圾箱边，从口袋里掏出一把水果刀，丢了进去。

老王眼睛湿润了。二十多年前，老王还是小王的时候，独自闯江城，饿了一天后，一时糊涂，铸下了大错。

◀ 寻找无双

　　我在寻找一个人。他的名字叫无双。我已经找他很久了！至于为什么要找到无双，我也不清楚，我只是觉得我应该找到无双。

　　我对我的童年伙伴张三说，你认识无双吗？听说他小时候经常和你在一起掏鸟窝。张三上下打量着我，摇了摇头。我对我的幼儿园老师说，你认识无双吗？听说他曾是你最喜爱的学生。幼儿园老师微笑地看着我，摇了摇头。我对我的大学同学说，你认识无双吗？听说他曾是你最铁的朋友。同学狐疑地看着我，摇了摇头。我对我的同事说，你认识无双吗？听说他是你最佳的搭档。同事惊奇地看着我，摇了摇头。我对我的前女友说，你认识无双吗？听说他曾和你拍拖过。前女友怜惜地看着我，摇了摇头。我对我的妻子说，你认识无双吗？听说他和你关系非同一般啊。妻子定定地看着我，摇了摇头。为寻找无双，我被弄得神情恍惚。那天，我路过一座熟悉的老房，我随手敲开了门。

　　"无双，你回来了？！"母亲惊喜地看着我。

◀ 夜里来的电话

"叮铃铃！""叮铃铃！"……

荷花乍然惊醒，一骨碌从床上坐起来，慌忙去拿床头柜上的电话。这么晚了，除了他，还会有谁打电话呢。这个死鬼，也不知咋的，好久没有来电话了。

"荷花——"那头颤颤地喊了一声，就没有声音了。

"你这个死鬼，还记得有个家啊？你掰着指头数数，有几个月没往家里打电话了？"荷花有些委曲地说，一边用手抹了一把泪。

"荷花，俺这边不是忙嘛。"

"你忙，忙得把家都忘了！你晓得那个天杀的老光棍刘瘌痢怎么问狗蛋的。他跟狗蛋说，你爹长啥模样子？狗蛋摇摇头。刘瘌痢这个天打五雷劈的竟然说，你长得跟他一样！狗蛋都三岁了，连爹长啥模样子都没见过。你说，你这个死鬼怎么当的爹？"荷花嘤嘤地抽噎着。

"荷花，忙过这阵子，俺就跟老板胡歪嘴请个假，孬好回来一趟的。等俺回去了，好好收拾这个狗日的狗蛋！”

“死鬼，又哄俺开心了！你说，先前你在电话里许过多少回，哪次兑现过？”

“荷花啊，俺也是没法子。胡歪嘴说了的，谁要是往家跑，就甭想再回来了的，想到矿上来的排着队呢，不差谁的！荷花，这回你要信俺的，哪怕胡歪嘴动真格的，俺也要回来的。”

“死鬼——”荷花哽咽着，硬是说不出话来。

“荷花，俺晓得你苦。一个人拉扯着两个娃，俺娘又瘫在床上，家里家外就靠你一个人撑着的。村里的那些媳妇，谁也没你苦的。荷花啊，你跟着俺，没有享过一天福，俺对不起你啊！”

“死鬼，俺不要你提这些。”荷花抹了一把泪，接着说，“死鬼，你在那边也不要死做的，要是累坏了身子，俺还能指望谁啊！”

“荷花，甭担心，俺好得很。一顿能吃八个馒头的，比在家里时还多出两个的。”

鸡窝的公鸡突然啼起来。

“荷花，我得挂了的。”

“死鬼，快睡吧，活那么重，要休息好的。以后，这么晚了，就不要打电话了。”荷花叮嘱完，并没有立刻放下电话。她晓得的，死鬼还有些让她脸红的话没有说呢。可是，等了半晌，话筒却再也没有传来死鬼的声音。荷花不由放声大哭起来。

“娘，娘，你怎么又哭了？”狗蛋推搡着荷花，稚声稚气地叫道。

一年前的这天晚上，荷花正坐在八仙桌边为狗蛋做鞋，放在八仙桌上的暖水瓶突然莫明其妙地摔倒了，荷花的心一哆嗦——
男人在矿上出事了！

◀ 鉴宝秘诀

S大学考古系的羊教授是古玩鉴赏大家，找他鉴宝者络绎不绝。据说，他鉴宝从未走过眼。羊教授鉴宝，有个规矩：若是真宝，将抽取真宝市价的5%作为鉴宝费；若是赝品，则分文不收。即使是朋友来求他鉴宝，这个规矩也照样执行。多年下来，羊教授仅靠鉴宝便挣下了几千万家产。

羊教授带的考古学研究生胡飞头脑灵活，看导师生财有道，便想向导师学鉴宝秘诀，以便将来也能凭这一绝技吃香的喝辣的。一天，趁羊教授心情好，胡飞便去向导师虚心请教如何鉴别宝物之真假。

羊教授拈着山羊胡子，微笑着说："你要想知道什么是真的，先要知道什么是假的。"

胡飞挠了挠头，接着问："老师啊，那又怎么知道是假的呢？"

羊教授沉吟了片刻，悠悠地说："你要想知道什么是假的嘛，先要知道什么是真的。"

胡飞大惑不解地望着导师。导师却再不言语。胡飞告别导师后，心中恨恨不已，暗骂导师跟自己玩文字游戏，不肯将秘诀告诉自己。胡飞暗下决心，一定要钻研这门功夫。

　　二十年后，胡飞的导师羊教授去世。胡飞接替其师之职，成为S大学考古系的教授。教学之余，胡飞也操起鉴宝副业，声誉日隆。古玩界公认胡飞教授是堪与其师羊教授比肩的古玩鉴赏大家。

　　有一天，胡飞教授带的研究生侯峰恭敬地向他请教如何鉴定宝物之真假。他的回答与其师羊教授一模一样。

◀ 老姜

小姜带着一张苦瓜脸怏怏地回到家，老姜就知道他在工作中又遇到麻烦事了。一问，果然。

原来上午刚上班，办公室主任就将秘书小姜叫到身边，交给他一个文件，让他严格按文件精神制定一个妥善的票选方案。在"妥善"两字上，主任特别加重了语气。整整一天，小姜粘在办公桌前，盯着文件中那条"必须由职工代表大会通过不记名投票的方式选出先进工作者"的规定绞尽脑汁。下班了，他也没能想出个万无一失的方案来。他比谁都清楚，以往评出的那些所谓先进们，若是按这规定搞，恐怕一个也过不了关的。这次已内定的那几位先进工作者，肯定也经受不住考验的！

老姜听后，笑道："屁大的事，看把你愁的。想当年，我在乡政府做秘书时，遇到的麻烦事比这难多了。我教你一个高招，保证能火到猪头烂！"

三天后，单位召开职工代表大会。高高的主席台上，一溜儿坐着单位的领导们，个个目光炯炯。当代表们领到投票表时，不由怔住了：表中每位候选人名字后，排列着大大的圆形、菱形与正方形的图案，分别对应同意、反对与弃权。圆形为实心，菱形与正方形为空心。填表说明：选"同意"的不用涂；选"反对"或"弃权"的，请涂满对应的空心图案。

代表们手中拿着被削得又尖又细的铅笔，迟迟不见有人落笔……

傍晚，小姜一进家门，就兴奋地对老姜说："姜还是老的辣，你那招果真灵！"

◆ 半个故事

"吱——"刺耳的急刹声中，小刘硬是将车停住了。

"好险！"小刘脱口而出。话音刚落，却见小车右前方的那个年轻人倒下去了。明明没碰到啊，该不是遇到碰瓷的吧？小刘不由地倒抽一口冷气。这时，车门突然被拉开，一个脸上狰狞着长长刀疤的壮汉出现在车门边，一把将小刘拽下车，揪着他的衣领，拖到那个假装昏迷的年轻人身边，恶狠狠地吼道："小子，没长眼啊！你把我兄弟撞了。你说，是公了还是私了？！"

"我，我，没撞到他啊！"小刘脸色煞白，怯怯地说。

"啪！"小刘感到脸上火辣辣地疼。

"你说什么？老子没听清！"刀疤又扬起了手，吼道。

小刘嗫嚅着，挤不出话来。

就在这时，一个声音炸响："住手！明明是自己倒的，甭讹人！"

从围观的人群中，走出一位瘦弱的中年人。显然，刚才那声断喝是他发出的。

"你是个什么东西，竟敢来坏老子的事！"刀疤男松开小刘的衣领，一边扯掉汗衫，一边朝中年人奔来。他的胸口，纹着一个张着血盆大口的凶恶狼头。

"这事，我今天管定了！"中年人逼视着刀疤男，掷地有声地说。

"知道这个刀疤是怎么来的吗？"刀疤男指着自己的脸。

"知道这条胳膊是怎么没的吗？"中年人捋起左手衣袖。

刀疤愣住了——那是一条假肢！

"老王的那条胳膊，是在老山前线与敌人拼杀时丢掉的。"围观的人群中，有人低声说。

见我不说话了，躺在身边的妻子焦急地问："后来呢？"

我说："不知道，这半个故事是我在公交车上听到的。可惜听到这里时，车到站了，我下车了，没听到下文。时间不早了，睡吧！"

◀ 各有所思

猪栏里圈养着二百多头猪。他们每天吃了睡，睡了吃，过着百无聊赖的日子。

一天，主人开栏喂食，走时忘记关严猪栏门。一头小花猪悄悄溜出来，东转转，西逛逛。她被外面的精彩世界迷住了：小鸟在枝头纵情歌唱，蟋蟀在草地上悠悠弹琴，青蛙在池塘里大秀蛙泳，蝴蝶在花丛中翩翩起舞……

小花猪陶醉在这些美丽的景色中，留连忘返。突然，她的背上一阵刺痛。她下意识地回头，只见主人高扬着那根令猪们望而生畏的竹鞭，正恶狠狠地瞪着她。还没等主人的第二鞭落下，小花猪便识相地掉头往回跑。

回到猪栏后，小花猪绘声绘色地向叔叔阿姨们诉说自己所看到的精彩世界。叔叔阿姨们听了，无不两眼放光，心驰神往。

一头老黑猪突然叹了一口气："外面的世界虽然精彩，可是主人不会让我们出去的。"

"为什么？"一头漂亮的大花猪疑惑地问。

"主人圈养我们，不让我们到外面闲逛，你们晓得为什么啵？"老黑猪故意停顿了一下，扫了大家一眼，干咳一声，说："是为了让我们少活动，多出肉的。"

大家听了，都沉默下来。

"不让我们到外面活动，这是侵犯猪权的！我们必须团结起来抗议！"有着乌克兰血统的大白猪突然喊出一嗓子。

大家七嘴八舌地纷纷响应。

老黑猪又叹了一口气，沉声说："我们能用什么抗议呢？"

"绝食呗！"大白猪见大家一脸错愕，抖了抖耳朵，接着说："我很小的时候，听姥姥说，为了争取猪权，他们经常采取绝食行动的，效果还不错的。"

"嗯，那不妨一试。不过，我们还是先礼后兵。"老黑猪说。

大家纷纷点头。

第二天一大早，大白猪等主人来喂食时，兴冲冲地提出了愿望——每天放大家出栏自由活动半天。不料，主人给他的答复是一顿暴打。老黑猪朝大家使了一个眼色，大家离开了猪食槽。

绝食第三天，猪们纷纷掉膘。主人看在眼里，急在心里，四处找专家咨询，苦觅对策。

绝食第八天，猪们艰苦卓绝的斗争终于迎来了光明，主人答应了他们的要求。

猪们每天都享受着半天东游西荡的好时光。他们常常为那次绝食的壮举而自豪。可是，他们做梦也不会想到，在主人的床头，放着一本养殖杂志。上面介绍，放养的猪不仅比圈养的猪瘦肉率高得多，而且放养的猪属于原生态猪，乃绿色环保食品，肉价更是圈养猪的二倍哩！

第七辑

幽默世界

◀ 微笑试验

　　我不记得在哪本书上看过，微笑是最好的名片。我一直想验证这句话是不是真理。

　　那天，我突然来了兴致，决定亲自验证一下。于是，我走上了街头。我遇到的第一个人是位陌生的中年男子，我朝他微笑，他也朝我微笑。然而，瞬间，他的微笑僵在脸上，匆匆从我身边走过。看来，他意识到我不是他认识的人了。我遇到的第二个人是位老大娘，我朝她微笑，她上下打量着我，急急从我身边走过后，又回头看我哩。我遇到的第三个人是位时髦的女郎，我朝她微笑，她厌恶地扫了我一眼，从我身边走过后，我隐约听到她的斥骂："流氓！"我遇到的第四个人是位染着黄头发的男青年，我朝他微笑，他凶恶地瞪着我，攥起了拳头。我赶紧敛起笑容，识趣地让开了路。我遇到的第五个人是位小男孩，我朝他微笑，他警惕地看着我，突然飞一般地跑走了。我没有勇气再试验下去了。我垂头丧气地往回走，不料撞上了一个人，是位盲人，我赶紧微笑着说："对不起！对不起！"他微笑着说："没关系！没关系！"

可惜啊，他看不到我的微笑，我暗叹。

◀ 好你个小子

手机铃响。张老板一看，头马上大了。自从将儿子送到贵族中学后，张老板最怕接儿子班主任的电话。

班主任打电话来从没好事。不是儿子旷课去网吧玩游戏了，就是儿子又不做作业了，或者与别的同学又打架斗殴了。硬的软的方法都采用过，张老板硬是拿儿子没办法。这个不成器的东西！张老板常常暗暗叹息。

张老板接通电话，果然又是儿子犯事了。

周五放学回来后，张老板问儿子："听老师说，你帮班级的二十多位同学找人代写作文，有这回事吗？"

"嗯。"儿子低着头声细如蚊地说。

"你为什么要帮同学做这种事？"

"因为，因为——"

"你老老实实交待，不然——"

"上星期我去网吧上网，您知道后，这星期没给我零花钱。

我想去上网，可是没钱。那天，正好语文老师要我们写一篇读后感，同学们都纷纷叫苦。我便说，我能帮你们找人写，不过，得花钱……"

"你找什么人写？"

"网上代写作文的人多得很，……我也就落个转包费。"

"转包费？"

"嗯。"

"多少？"

"一篇抽 5 元，28 篇，转包费是 140 元。"

"你咋想出这个鬼主意？"

"您不也是这样来钱的吗？"

"你懂个什么？我问你，你的作文也都是让人代写的？"

"我，我——嗯。不过，因为这次是团购，我的代写费要求对方免了。"

"你，你——"张老板不由自主地扬起了手掌，然而，高高扬起的手掌在空中犹豫了片刻后，力道乍减，运动方向也由儿子的脸转向了他的背部，"好你个小子！"

◀ 都是网中人
·····················

煮熟的鸭子飞了，老王十分郁闷，请张扬等几位老同学到酒馆喝酒，借酒浇愁。

"老子当干事都十五年了，整天做牛做马的。领导曾私下跟我说，那个空出来的办公室副主任的位子非我莫属。没想到半路上杀出个程咬金，黄了！"老王将大半杯酒一饮而尽，愤慨地说："你们晓得这个新来的刘飞什么来头吗？他姑父是市交警大队的大队长，跟我们单位的领导是战友！"

老同学们个个义愤填膺，纷纷骂这世道就是"关系社会"，没关系的老实人总吃亏，末了，都劝老王想开点。

老王愣是想不开，一杯又一杯地喝酒。

那夜，他们喝到很晚才散。

张扬刚到家，就接到老王的电话："喂，老张，是我，老王啊！我的摩托车被交警拦下了，说是要查酒驾，麻烦你跟你小舅子打个电话……"

张扬吞吞吐吐地说："老王啊，这事很棘手。不是我不帮你，只是现在酒驾查得严，我那小舅子只是个小交警，说不上话啊！不过，老王啊，你要是肯抹下面子，让你那个同事刘飞找他姑父出面，准灵！……"

不等张扬说完，老王挂了电话，心里骂道："这个老滑头！要是我肯找那个死对头，还来求你！"

骂完，老王犹豫了片刻，硬着头皮拨通了那个号码，低声下气地说："刘主任，想请您帮个忙，……"

◀ 名字是我写的

当我走进毕业论文答辩教室，睖了眼主席台时，我差点笑起来了——台上坐着的三位教授都长得很古怪，左边的瘦得像马三立，右边的又胖得像弥勒佛，中间的脑门特别光，周边的几缕头发都全力支援中央了。看来他们的心情均不错，也许这只是表面现象吧？然而，不管如何，是骡子是马，今天都得拉出来溜溜了。

我的花了两个星期鼓捣出的洋洋洒洒三万字论文，就要接受这三位古怪老头的检阅了。过了，一切顺水顺风；不过，学位，就业……就全泡汤了！你说我能不惴惴不安吗？

我就论文的一些问题陈述一番后，紧张地等待着提问。三位教授边看我的论文边交头接耳，他们在议论什么？该不会……我的脑门上沁出了汗。

正在我胡思乱想时，"马三立"开口了："你的第一部分内容我能背出来。"我愣了一下，赶紧说，这一部分参考了一些资料。我的话音刚落，"弥勒佛"笑着说："你的第二部分内容我也能背出来。"还没有等我回答，中间的那位教授接着说："你的第三部分内容我也烂熟于心。你奇怪吧？其实没有什么，因为我们就是那三篇文章的作者啊！你说说，这篇论文哪些是你自己写的？"

天啊，我的论文一共只有三大部分！我无地自容，哽了半天才挤出微弱的声音："名字是我写的。"

◀ 称呼

　　大家都怕见新来的局长。准确说，不是怕见局长，而是怕喊局长。局长什么不能姓，咋就偏偏姓"付"呢？见了局长总不能不吭声吧？不吭声，那是公然藐视领导，嘿，让你吃不了兜着走！叫是自然要叫的，关键是叫什么？叫"付局长"？不行！明明是一把手，咋成副的了？如此称呼，居心何在？叫"局长"？也不行！大家喊其他三位副局长时，都自觉忽略了"副"字，径呼王局长、赵局长、张局长。你称付局长为局长，还有上下之分吗？何况，副局长都有姓，却把正局长给"斩首"了，什么意思？

　　其实，最苦恼的要数办公室郑主任，别人只是偶尔碰到付局长，他却几乎天天要见付局长的啊！还记得第一次见局长，他叫了几声"付局长"，局长仿佛没有听见，一味翻阅着报纸。他赶紧改口叫"局长"，付局长这才不轻不重地哼了一声，眼光仍未离开报纸。为如何称呼局长，郑主任连续几夜失眠。"付局长""局长"这两个称呼老在脑子里此起彼伏。

那天，他去参加一位朋友的酒宴。朋友是一家小公司的头。酒宴上，那些丰盛的菜肴没有给他留下什么印象，但那些来宾与服务小姐对朋友的称呼却让他豁然开朗。

第二天，他去向付局长汇报情况。

"老板。"他试探地轻轻叫了一声。

"有什么事吗？郑主任。"付局长温和地望着他。

◀ 幸福的瞬间

　　我才在宽大办公桌后的真皮沙发上坐稳，古龙就将一杯热气腾腾的茶放到面前了。茶太热了，我下意识地打开鳄鱼皮包，掏出一盒中华烟，在盒底轻弹一下，就有一支烟顺从地弹出来。我刚叼上，古龙已将打着的火机凑过来了。我心头掠过一丝快意。哼，古龙你也有今天啊，嗯，当局长的感觉就是爽啊！

　　我一边吞云吐雾悠悠品茶，一边浏览着报纸上的花边新闻，不时也睃一眼忙忙碌碌的古龙。古龙扫完地又去拖地，擦完桌椅接着擦窗户玻璃，为室内的盆景浇完水后马上开始整理文件……

　　当抽完第三支烟时，我抬手看了看表，站了起来，准备伸手去拎鳄鱼皮包时，古龙已抢先一步将包拎起来了。我不紧不慢地走下楼，刚踱到车边，古龙已将车门打开了……

　　"小刘，小刘！"一个威严的声音传入我的耳朵。我不由打了一个寒噤，揉了一下眼，循声望去，古龙局长正一脸不快地盯着我。

　　"都喊你几声了，难道听不见吗？去，叫财务科的小王过来！"

　　在去财务科时，我懊恼地想，刚才要不是一场白日梦多好啊！

◀ 你以为你是谁

　　小王自从做了市长的专职司机后，人五人六的，精神得很！每次随市长下基层，那些乡镇的头头脑脑们也把他小王当个人物了，主动跟他打招呼握手。走时，小王也均有斩获，虽然与孝敬市长的礼物相比是小巫见大巫，但小王很知足——没有市长提携他做司机，哪有他现在的滋润啊！想想以前做普通司机的日子吧，那简直不是人过的日子哩！就说工资吧，以前每月不够花，老婆整天拉着脸骂他没出息，而今工资基本不动，老婆的脸天天灿烂着。

　　一个月前，市长的千金茵茵养了一条哈巴狗皮皮。小王义不容辞地揽下了照料皮皮的光荣任务，到宠物商店买狗食，带皮皮去宠物医院体检，为皮皮清扫狗窝、洗澡，……小王忙得不亦乐乎。

　　那天下午，小王带吃坏了肚子的皮皮去看病，按着皮皮打针时，这个没有心肝的畜生竟然咬了他一口！小王气急之下，狠狠扇了皮皮一巴掌，将这畜生的嚣张气焰镇住了，乖乖地打了针。哪知这畜生鬼着哩，一回到茵茵身边，马上变了脸，对小王狂吠不已，

第七辑　幽默世界

还作势要冲过来咬哩！茵茵不但不喝止，反而斥责小王，说小王一定欺负了她的心肝宝贝，要是照顾不好皮皮就不要来了，让她爸换个能干的来，……一番夹枪带棒的斥骂砸得小王心惊肉跳。

那晚，小王踅进一家小酒馆，猛灌了不少酒，跌跌撞撞地回家，喷着满嘴酒气向老婆诉苦。老婆听后，脸色大变，厉声骂道："你以为你是谁啊？去，快去向皮皮道个歉！"

两
支
银
凤
钗

◀ 注意形象

牛局长好名牌，西装革履，无不名牌。

那天下午，牛局长刚上班，就接到市长秘书的电话，说方市长半小时后到局里视察。方市长是不久前从外地调来的，据说生活上特朴素。牛局长这下犯了急，自己这一身名牌太惹眼了，方市长看了怎么想？给领导留下了不好的第一印象，那可是官场大忌啊！

牛局长在宽大的办公室里焦急地走来走去。突然，他想起了一个人——门卫老王。

当穿着旧夹克衫、旧皮鞋的牛局长陪方市长一行到各科室巡察时，职工们都露出了惊诧的神情。

第二天，当牛局长又一身名牌地出现在单位时，却发现中层干部们竟然都不约而同地穿着旧夹克衫、旧皮鞋！瞅着这些旧夹克衫、旧皮鞋，牛局长感到很不舒服。然而，更让他气恼的是，这些不知趣的旧夹克衫、旧皮鞋们，有事没事的，还就喜欢往他办公室里晃哩！

　　快下班时，牛局长将中层干部召集到会议室。牛局长扫了众人一眼，不紧不慢地说："同志们发扬艰苦朴素的作风，嗯，这是值得赞扬的，不过，也要注意形象嘛，咱们局好歹在市里也算排得上号的富庙，同志们都朴素起来，难保人家不这样想，装穷？蒙谁哩？这不是此地无银三百两嘛！"

　　下午，中层干部们又恢复了光鲜的西装革履。

两支银凤钗

◀ 高招
·············

　　退休后，李局长家的门铃骤然闲下来。李局长觉得很不习惯。他常常一动不动地坐在客厅的红木沙发上，盯着高级防盗门发呆。

　　偶尔有门铃声，李局长便猛然起身，高声应道："来了，来了！""老李，搓一局，三缺一。"门外站着的是邻居——出租车司机吴师傅。李局长愣了一下，说："今天家里有人来，等哪天闲了我去找你。" 关上门，李局长闷闷不乐——吴师傅一向都叫他李局长的。

　　眼看着老头子像掉了魂似的，老婆很是着急，这样下去，还不憋出病来。她便对老头子说："要不，你到单位里走走。"

　　李局长只去过一次单位。那些他一手提拔上来的干部，竟然都只不咸不淡地跟他打个招呼，便找个借口走了，李局长觉得很不是滋味。

　　那天，老婆领回来一位年轻姑娘。老婆对李局长说："这是请来的保洁员。" 那位年轻姑娘热情地说："李局长，以后有事只管吩咐。"李局长打量了姑娘一眼，很公式化地点点头，哼了一声，便继续看报。此后，李局长的家里每天都频繁地响起那位姑娘悦耳的声音："李局长，您要看哪份报？""李局长，您要喝哪种茶？""李局长，请用餐。"……不久，李局长的精神陡然好起来。

李局长做梦也不会想到，他的老婆子每个月要多给保洁员一百块小费的。

◀ 降魔

方圆百里，圪崂寨的柳二婶是最有名的神婆子。据乡亲们说，几年前，柳二婶做过一个梦，梦见神仙附体，就有了神通。她的能耐大着哩，不单会算命，还会降神、过阴，百测百准，千测千灵。

找柳二婶算命消灾的人络绎不绝。有附近的乡亲，也有百里外的城里人。她那间供着不知是哪尊神的土屋里，整天烟雾缭绕，鬼气森森。才三年，柳二婶的那间破旧土屋边，就矗起了一幢三层的小洋楼，在寨里分外豁眼。

一日，有个游方僧路过圪崂寨，听说柳二婶正在为人降神消灾，便前往观看。只见披头散发的柳二婶在神像前焚香祷告了一番，又对着一碗符水念了一通咒语后，一口气喝下，又蹦又跳地狂舞起来。忽然，柳二婶大叫一声，倒在地上，双眼紧闭，口吐白沫。室中顿时鸦雀无声。约摸一柱香的工夫，柳二婶怪叫一声，一骨碌爬起来，盘腿坐在神像前，翻着白眼，怪腔怪调地说："南海观世音菩萨降临……"

不待柳二婶往下说，游方僧径直走到她面前，问道："请问菩萨，是读哪部经书得道的？"

柳二婶面部抽搐了一下，支支吾吾地说："哦，这个嘛，这个嘛——"

游方僧朗声问道："请问菩萨，是读哪部经书得道的？"

柳二婶面部又抽搐了一下，声细如蚊地说："哦，这个嘛，是，是——"

游方僧圆睁怒目，大声喝道："请问菩萨，是读哪部经书得道的？"

柳二婶浑身一颤，猛地睁开眼，望着游方僧，怯怯地说："哦，哦，菩萨走了。"

游方僧怒视柳二婶，突然纵声大笑，大步流星地向门外走去。

此后，柳二婶得了个"菩萨走了"的绰号，再也没有人找她算命消灾了。

◀ 换个女秘书

　　阚总要换个女秘书的念头不是一天两天了，近来，在参加了行业内民营老总峰会后，他的这个念头越发疯长。

　　连日的宴席上，那些大腹便便的老总们总爱开他和他男秘书的玩笑，并且旁若无人地与身边年轻靓丽的女秘书嗲声嗲气地打情骂俏。每当这个时候，他就不停饮酒，而肚中的酒便一忽儿化为火舌，恣意燃烧着，一忽儿又幻作一只温驯的小猫，在轻轻抓挠着，舔舔着，思绪便在醉意朦胧中云起云落。

　　年方而立的他，论形象，在大学里就有多少女生向他暗递秋波，论地位，已是拥有几千万资产的知名民营企业家了。按理说，他该是要风得风，要雨得雨，然而……该与人事部经理——他的夫人好好谈谈了！可咋说呢？以前也不是没提过，可怎样呢，还不是被挡驾了。他不由长叹一声。

　　阚夫人发现丈夫近来闷闷不乐，暗忖该不是又在打换女秘书的主意吧，一问，果然。阚夫人这次一反常态，爽快地说，你的心思我懂，不就是没有女秘书让你觉得有失身份吗？那好，我帮你挑选一个就是了，准让你大吃一惊。夫人这么说，倒让阚总犯嘀咕了，不知葫芦里卖的啥药。然而，夫人松口，已经是太阳从西边出来了，毕竟是好事。

这几日，一向严肃的阚总在员工面前特别和颜悦色，有时甚至开点无伤大雅的玩笑，员工们都莫名其妙。

第二个星期一的早晨，阚总正坐在办公室里看材料，手机短消息来了，一看，是夫人的——亲爱的，女秘书来了，已到了你门外。

"咚！咚！咚！……"

阚总从红木椅上弹起，快步走到门边。门开了，他怔住了："怎么——是你？！"

"不欢迎啊？姐夫！"穿着白衬衣黑色迷你裙的小姨子亭亭玉立，忽闪忽闪着俏皮的大眼睛说。

萍踪侠影

◀ 高山流水

....

　　江湖上，提到"玉箫生"萧楚南与"银剑圣手"廖无忌这两位后起之秀，无不称誉。只是谁也不会想到，他们会在擂台上一决高下。其实，出身武术世家的他们，均非好勇斗狠之辈。可是，因了一个人，他们不得不分出胜负。这个人不是别人，乃潇湘山庄的庄主大侠燕垒生的掌上明珠燕飞飞。

　　江湖上风传燕飞飞不仅有倾国倾城之貌，且深得其父武功之真传，能飞花摘叶，杀人于无形。各大武林门派中的青年才俊，心慕燕飞飞，纷纷前来提亲。然而，惟有萧楚南与廖无忌让燕飞飞心动。萧楚南与廖无忌的面影在她的心中倏来倏去，一连多日，夜不能寐。父亲看在眼里，痛在心里。

　　一天，父亲来到燕飞飞的闺房，对女儿说："飞飞啊，萧楚南与廖无忌都是人中之龙，要不，让他们打擂，一决胜负，如何？"

　　燕飞飞腮飞红云，低着头，轻轻"嗯"了一声。

　　打擂定在四十五天后，也就是七夕这天。

七夕这天，潇湘山庄的演武场上，人山人海，观者如堵，其中多有各大门派的高手。日上三竿之时，比武正式开始。高高的擂台上，一袭白衫的萧楚南，其玉箫神出鬼没；一袭青衫的廖无忌，其银剑剑走龙蛇。正所谓棋逢对手，将遇良才，激斗三百回合，仍然难分高下。燕垒生惜才，怕他们力竭伤身，示意本日比武结束，让他们好生休养，明日再战。

是夜，廖无忌想到明日战事，心忖没有必胜之术，便悄悄地去拜谒一些前来观战的武林耆宿，讨教打败萧楚南的绝招。那些武林耆宿，均为廖无忌之父的至交，无不将看家本领授之。不过，他们教授之时，均反复叮嘱，一时之功，徒有其形，要真正练成这些看家本领，需苦练多年的。

萧楚南亦心系明日之战，不能入眠，索性起床，但他没有去向武林耆宿求教，而是踏着漫天月色，来到潇湘山庄的后山松林中，坐在一块龟形大青石上，掏出玉箫，对月吹箫。《春江花月夜》那幽幽箫声，在溶溶月色中，袅袅如紫云，悠漾如碧波。吹完《春江花月夜》，萧楚南忽然忆起燕飞飞曾跟名师学过筝的，便吹起自己最心爱的那支曲子《高山流水》。云山苍苍，江水泱泱，那悠扬流畅、淡雅清新的箫声，如慕如诉，在月夜的天空中寻寻觅觅着知音……

吹罢《高山流水》，萧楚南痴痴地凝望着月色下的潇湘山庄，心中的怅意一层深过一层。

突然，从潇湘山庄的后院里，飘逸出优美动听的古筝声。萧楚南一怔，细听，那分明也是《高山流水》！那筝声，巍巍乎若泰山，汤汤乎若流水，天人合一，物我两忘。萧楚南听得如痴如醉。待筝声消逝，萧楚南又吹起了《高山流水》。他吹得那样忘情，箫就是他，他就是箫，人箫合一，倾诉着他的千千心曲……

次日再战。前二百回合，萧楚南与廖无忌依然旗鼓相当。二百回合后，在廖无忌频出怪招之下，萧楚南渐落下风。萧楚南心下惶急，手中的玉箫渐乱方寸。眼见萧楚南就要落败，这时，潇湘山庄一座高耸的阁楼上，筝声乍起。那筝声，不是别曲，正是《高山流水》！萧楚南心中一凛，斗志猛生，在筝声中，他人箫合一，心到箫到，指哪打哪……，五十招后，玉箫点穴，廖无忌僵在擂台上。

洞房之夜，萧楚南望着楚楚动人的燕飞飞，问道："飞飞，你为何在危机关头出招救我？"

燕飞飞腮飞红云，不胜娇羞地说："知音世所稀。"

"江湖都纷传你能飞花摘叶，杀人于无形，当真？"

"其实，父亲并没有传授我任何武艺，不过，筝，不是武器么？"

◀ 如风

　　松风子有个怪癖，当徒弟们跟他习武满十年后，便会赐他们一个号，并令其下华山，五年后再回山献艺。这些号都是"如"字开头。可别小觑了这些赐号，内中可是大有玄机的。比如，"如霆"是暗示徒弟主攻霹雳掌，"如鹤"是暗示徒弟主攻鹤拳，"如鹰"是暗示徒弟主攻鹰爪功……

　　那日，松风子七十大寿，喝得醉意盎然之际，不由诗兴大发。当松风子正吟诵着"秋风吹渭水，落叶满长安"之时，见小徒弟萧风来敬酒，便大着舌头问道："徒儿，你，你上山几年了？"

　　"十年。"

　　"该下山了。"松风子揉了揉醉眼，笑道，"你的名字里有个'风'，就叫'如风'吧。"

　　萧风一怔，旋即下拜叩谢。

　　翌日清晨，因松风子仍沉醉未醒，萧风便未惊扰师傅，径直下山。三个月后，萧风出现在渭水边……

五年之期到了，萧风上华山献艺。他的剑法如风，忽而和风细雨，忽而长风万里，忽而风雨如晦，忽而风平浪静，忽而海雨天风……神出鬼没，变化多端。

献艺毕，松风子惊异地问道："徒儿，这是什么剑法？跟何人所学？"

"师傅，这是如风剑法，是您让我去渭水边跟秋风学的啊！"

"什么？为师何时叫你学这剑法的？"

"您七十大寿那天晚上，赐徒儿'如风'之号，还送了'秋风吹渭水，落叶满长安'两句诗……"

"哈哈，徒儿，为师那晚喝醉了！不想阴差阳错，竟成就了一派神奇的剑法！'世事洞明皆学问；人情练达即文章'，果然是这个道理啊！"

两支银凤钗

◀ 寻访神龙大师

"你已尽得为师真传，为师不能再传授你什么了，要使你的武功臻于化境，你得去寻访一个叫'神龙'的大师。神龙大师是'神龙见首不见尾'的，飘泊无定，四海为家，没有毅力与诚心之人是无缘相遇的。"神情肃然的空空大师对最青睐的徒弟慧玄说。

慧玄下山后，便踏上了寻找神龙大师的漫漫长路。他登泰山，上华山，谒嵩山，入武当，奔天上，赴峨眉，攀崆峒……遍访名山大川的武学大师，一边与大师们切磋武功，一边探求神龙大师的行踪。让他感到失望的是，他没有从任何一位武学大师的口里听到关于神龙大师的消息，回答他的一律是摇头。他有过犹疑，有过动摇，但一想到师傅的话，又坚定了决心，继续上路……

二十年后，慧玄还没有找到神龙大师。那天，他接到飞鸽传书，说是空空大师仙逝了，让他速回，接空空大师的逍遥派掌门之位。慧玄一路风尘地回来后，有人将师傅留给他的遗札交给他。"当你看到此札时，你应该已经找到了神龙大师。"慧玄怔怔地看着遗札……

　　十五年后，慧玄也像师傅当年那样，让自己的爱徒灵虚去寻访那位叫"神龙"的大师。

◀ 复仇

"一劁猪,二打铁,再不发财,只有打劫。"这是云峰寨的俗语,说的是云峰寨的两种最来财的手艺。洪啸龙就是云峰寨的劁猪匠。劁猪匠不是谁想做就能做的,得有功夫,这功夫不单指劁猪的刀功,更指武功。要吃劁猪这碗饭,得靠拳头来扬名立万,打出自己的地盘。

洪啸龙是个厉害角儿,云峰寨方圆二百里内的几十个山寨都是他的地盘。也有一些劁猪匠来挑战,洪啸龙出手毒辣,那些挑战者,有断了胳膊的,有折了腿的,也有当场毙命的……无一成功。

几十年下来,洪啸龙挣下了佑大家业。然而,单门独户的洪啸龙却有一件大不如意之事——没有儿女!为了传香火,洪啸龙连娶了三个小老婆,但不管他多么辛勤耕耘,均无结果。当洪啸龙明白是自己有问题时,想起自己劁过的那数不清的猪,不由仰天长叹:"这是上天的报应啊!"

洪啸龙五十岁时,却意外地得了一子。那是一个冬天的早晨,在他家山庄大门外的雪地里，躺着一个昏死的小乞丐，大约十岁。洪啸龙命家丁抬入庄内，灌了一碗热姜汤后，小乞丐苏醒过来。问其来历，说是父母为强盗所害，自己是被父母藏在木柜里才得以活命的，家里不敢呆了，便一路乞讨来到了这里。洪啸龙见其身胚不错，人也机灵，是块练武的好材料，当下就动了收养的心思。于是，为他取名洪天赐。

　　自从收养了洪天赐，洪啸龙便将心思都放在这个养子身上，传其劁猪的刀功，授其武艺。时光荏苒，转眼已过了十个春秋。二十岁的洪天赐已尽得养父的刀功与武艺之真传。

　　这年秋天，洪啸龙收到了一份挑战书，是十年前曾惨败在他手下的三百里外那野狼寨的殷彪下的。没想到十年后他竟然又杀回来了。

　　月夜。狮吼岭。一身玄衣的洪啸龙屏息凝神，站在一株合抱粗的松树下。突然，一条白影从松树旁的巨石后闪出，向洪啸龙袭来。乍一交手，洪啸龙便心中起疑，不由喝道："你不是殷彪！鬼鬼祟祟的蒙着脸，算什么好汉！"白影并不答话，熟悉的拳法快如电疾如风，招招夺命。洪啸龙大惊："你到底是谁？！"高手比武，分心乃大忌！洪啸龙不是不知道，然而，对手的拳法太让他吃惊了！说时迟，那时快，这当儿，白影使出洪啸龙自创的一个绝招乍然袭来。洪啸龙一惊之下，因躲闪不及，被击中命门，瘫倒在地上。

　　"你，你是天赐！你为何恩将仇报？！"气若游丝的洪啸龙断断续续地说。

"老贼，叫天赐的那个人已经死了！我是殷彪的儿子殷复仇！十年前，我的父亲被你打成重伤，爬回去后的第三天，便撒下我们母子含恨而去。为了复仇，我的母亲让我装作乞丐，昏倒在你这个老贼的庄门外……"

◀ 桃花
·············

神龙子站在泰山之巅，静静欣赏着冉冉升起的红日。突然，五条黑影倏地袭来。

感到脑后生风，神龙子一个旱地拔葱，凌空一跃，接着鹞子翻身，电光火石间，已闪到一丈开外。猛回首，见杀来的是魔教金木水火土五大魔头。神龙子不由又惊又喜。惊的是五魔头竟然提前上山设伏，喜的是可以报仇雪恨了！

仇人相见，分外眼红。神龙子蓦地腾身而起，封住了五魔头的退路，随即长啸一声，仗剑迎敌。一场恶战，从日上三竿杀到日头西斜。神龙子使出各种看家本领，将金木水火四魔头一一斩杀。最后，神龙子与土魔头在危崖边拼死缠斗时，一同坠下深谷。摔得遍体鳞伤的神龙子已神智不清，土魔头则当即毙命。

"每年的春天，飘缈峰的桃花都会开得很灿烂……桃花啊，我已经不行了，再也不能与你在飘缈峰相伴了……"在生命之火行将熄灭之时，神龙子的喃喃呓语，被刚刚赶来的雷云听见。

两支银凤钗

雷云是神龙子五年前所收的徒弟，也是唯一的徒弟。

五年前，雷家庄被金木水火土五魔头血洗，雷云的父母"逍遥双侠"惨遭毒手。若非闻讯而来的神龙子出手相救，身负重伤的雷云早已不在人世了！雷云长跪不起，泣血哀求，一向独来独往的神龙子破例收下了雷云为徒。从此，师徒二人风餐露宿，浪迹天涯，追杀飘忽不定、行踪诡秘的五魔头。

初秋时节，江湖上突然传出一个令人闻之色变的消息：八月十五，天心月圆之时，五大魔头将在泰山之巅相聚。众所周知，每次五大魔头相聚，江湖上就会掀起一场血雨腥风。神龙子与雷云听到这个消息后，立刻快马加鞭地从漠北奔向泰山……

八月十五的清晨，师徒二人终于赶到了泰山脚下的一座客栈。神龙子让雷云留在客栈中，独自上山，临行前反复叮嘱：若次日清晨还未归来，雷云务必离开客栈，远走他乡，千万不可鲁莽上山。

第二天早晨，见师傅未归，雷云忧心如焚，不顾师傅的告诫，提剑上山。山顶上，只有四个魔头的尸体，师傅与另一魔头不见踪影。雷云焦急万分，四下搜索，终于在谷底发现了奄奄一息的师傅……

师傅仙逝后，雷云痛哭了很久，用剑在附近的一处清溪萦绕、松树掩映之地掘墓，将师傅安葬。又在墓边结茅为庐，要为师傅守孝三年。每天醒来，恩师的临终呓语都会在心头萦绕。

三年后，雷云将师傅的骨殖移到重金购来的楠木棺中，驾着马车，踏上了前往飘缈峰的漫漫长路。他要了却师傅的遗愿，将师傅葬在飘缈峰那漫山遍野的桃花中。

第二年的春天，正是桃花盛开的时节，风尘仆仆的雷云登上了飘缈峰。然而，眼前的景象让他怔住了——偌大的飘缈峰，竟然没有一树桃花！

当雷云来到师傅当年隐居的石屋时，一个苍老的声音从屋里传出来："主人，你回来了？！"

从老仆人的口里，雷云知道了"桃花"的秘密。原来师傅的"桃花"不是桃花，而是师娘桃花。二十年前，魔教五魔头夜袭飘缈峰，那天师傅正好下山会友，师娘一人力战群魔。当师傅子夜归来，师娘已倒在血泊中……师傅二十年前离开飘缈峰时，曾跪在师娘墓前立下誓言，不杀五魔头，决不踏上飘缈峰。

雷云将师傅与师娘合葬在石屋旁。当夜，雷云做了一个梦。梦中，师傅与师娘，正在飘缈峰漫山遍野的桃花中徜徉，徜徉……

◀ 暗器

　　唐门暗器，天下第一。江湖中谈到蜀中唐门，无不色变。

　　欧冶子不信这个邪。八年前，他无意中撞入魔教圣地，在一座古墓里发现一本毒辣无比的暗器秘籍。他坚信，破唐门暗器天下第一之魔咒，非他莫属！

　　望着秋风中纷飞的华山黄叶，欧冶子喃喃自语，该动身去破魔咒了！他将数十种独门暗器放入鹿皮囊中，背起心爱的古琴，骑上白马，向蜀中飞驰。

　　三个月后，欧冶子住进了峨眉山下的一座客栈。他放出风声，要砸"唐门暗器，天下第一"的招牌。他知道，消息一出，唐门必会派人来应战。

　　可是，守候多日，却无唐门中人的影子。欧冶子十分纳闷，不知唐门葫芦里卖的啥药。

　　一天夜里，欧冶子又在房里闷头喝酒，隔壁忽有古琴声扬起。在这荒僻之地，竟然有人奏琴，欧冶子大奇，侧耳倾听，分明是《高山流水》。那精妙的琴声，一忽儿巍巍乎若高山，一忽儿荡荡乎若流水，欧冶子听得如痴如醉。

一曲终了，欧冶子情不自禁地拿出匣中古琴，悠悠奏起《高山流水》。很快，他便进入忘我之境。

突然，门外响起一串银铃似的笑声，接着传来莺声燕语："欧大侠，我家小姐说，你该回华山了！"

"谁？"欧冶子一惊，手倏地探向鹿皮囊。

"唐门三小姐的丫环柳如烟。"

欧冶子长叹一声，怏怏北归。

回华山后，欧冶子惟弹一曲——《高山流水》。

◀ 伏贼

　　作恶多端的"草上飞"阴无影擅轻功，踏雪无痕，来去如风。有一年，他去西域盗古墓，在一座胡僧之墓里，发现了一本武功密籍，从此，于轻功之外，他又多了一门看家本领，更加肆无忌惮地为非作歹。

　　那年夏天，阴无影潜入多世家大户的扶风县盗墓。一夜，他在盗王员外家的祖坟时，被守陵人发现。守陵人悄悄报了主人。当阴无影的头刚刚探出盗洞口时，一根绳环倏地勒上了脖子。王员外命家丁将五花大绑的贼人投入柴房，严加看管，待天亮后再送往官府。

　　翌日清晨，管家惊慌失措地报告王员外，贼人已逃，那个看守的家丁被杀了！王员外大惊失色，急赴县衙报官。县令让名捕柳如风侦办此案，务必速擒此贼，以安民心。

　　柳如风到柴房查看，得知捆住贼人双手的那条短麻绳的死结犹在后，不由心中一惊：此贼身怀"缩骨"绝技，不可小觑！这次失手，可能还会作案。

柳如风命捕快们暗中盯着扶风境内的各处古墓，一有动静，速来禀报。

话说阴无影轻松脱身后，自恃有二大护身法宝，果真并未遁走，而是躲藏在一座废弃的破庙中，伺机再去作案。

半月后，一个月黑风高之夜，阴无影被捕快们堵在扶风城外的一座古墓里。柳如风用迷香醺倒阴无影。一捕快拿来桎梏，柳如风摆摆手，让他用浸过水的牛皮绳将阴无影五花大绑。回衙后，柳如风亲自看管。次日，县令升堂断案，判阴无影死罪。

此后，只要有日头，阴无影均被推到衙门外曝晒示众，牛皮绳越收越紧，苦不堪言。

一月后，刑部批复下来。阴无影被正法时，观者如堵，无不拍手叫好。

两支银凤钗

◀ 血滴子

明末清初，古冶子避居深山，醉心于铸造兵器。除十八般兵器外，他还不断研制各类稀奇古怪的新兵器。

古冶子铸造的兵器，锋利无比。同行誉其为"兵圣"，前来拜访者络绎不绝。然而，古冶子有个怪癖，要见他，需携新奇兵器来交流观摩，否则一律拒见。

一日，一操关外口音、相貌古怪的老者携几件利器求见。徒弟入禀后，古冶子允之。

老者抽出一柄金光灿灿的金蛇剑，整柄剑乃由一条蛇盘曲而成。蛇尾构成剑柄，蛇头则是剑尖，剑身上一道血痕，发出碧油油的暗光，十分诡异。

古冶子不由暗暗称奇，心知来者不凡。他让徒弟从密室里捧出"冰魄神剑"。神剑出鞘，寒光凛凛，吹发立断，削铁如泥。

老者又从行囊中掏出"镏金五轮"，五只奇轮，轮生倒刺，五轮飞旋，金光眩眼，风雷突起。

古冶子心下一惊，脱口赞道："奇器！奇器！"

老者说："大师，可有与老夫这'镏金五轮'匹敌之物乎？"

"师傅，弟子去拿——"

徒弟话未说完，古冶子以目止之。古冶子沉吟片刻后，摇了摇头。

老者面露得意之色，傲慢地说："呵呵，所谓'兵圣'，徒有其名矣！"

古冶子面色一凛，缓缓地说："老夫倒有一件新兵器，……只因其毒辣无比，故秘不示人。"

多日后，有来访者发现古冶子与其徒陈尸室内。

不久，江湖上出现一种令人闻之色变的杀人利器"血滴子"。据说，持"血滴子"的均为清廷鹰犬。

两支银凤钗

◀ 一箭双雕
·······················

月夜。崆峒山之巅。风在啸，周遭的黑森林汹涌如潮。

一黄衣老者与一玄衣少年在一块巨石边激斗。黄衣老者的剑矫若惊龙，玄衣少年的剑神出鬼没。

二百个回合后，玄衣少年越战越勇。突然，黄衣老者使出独创的"鬼见愁"剑法……在黄衣老者成为武林至尊的血腥之路上，还没有谁能在他的这一绝世剑法下活命。

说时迟，那时快，黄衣老者的剑已插入玄衣少年的左胸。

这时，一个熟悉的声音从巨石后乍然响起："萧无墨，知道这位少年是谁吗？哈哈，他就是十八年前你那失踪的——"

黄衣老者一愣。电光火石间，玄衣少年反手一剑，深深地刺入老者的胸口。

一青衣老妇从巨石后倏地闪出，目光如刀。

"娘，我终于完成了您的心愿！"玄衣少年用手按着血流如注的左胸，望着老妇说。

"我不是你娘！"老妇乜了一眼少年，冷冷地说。

"师妹，是你，你，偷走了我的勇儿！"

"嘿嘿，萧无墨你这个负心汉，让你尝尝父子相残的滋味！"

三十年前，萧无墨与师妹林燕飞偷情，被师傅古龙子发觉，被逐出山门。他们南下北上，东奔西走，闯荡江湖。二十五年前，在洛阳龙门客栈，风流倜傥的萧无墨与号称天下第一美女的五毒教教主阴玉娇邂逅，抛下师妹，与阴玉娇远走高飞。

十八年前，林燕飞终于找到萧无墨的隐居之地，偷走了一个还在襁褓中的婴儿……

两支银凤钗

◀ 烘云托月

清明。殷家堡。商天龙以夺命追魂掌，于百招之内击败"鬼见愁"殷罡。

端阳。泰山。商天虎以无影神腿，于百招之内击败泰山派掌门舒啸。

殷罡与舒啸均为武林中一流高手，竟然被神秘的商氏孪生三兄弟中的老大天龙、老二天虎轻松击败！江湖一片哗然，纷纷期待着老三天豹一显身手，但他一直未现身。

中秋，华山武林大会的最后关头，华山派掌门萧如风大战五百回合，终于艰难地击败了魔教教主阴无情。江湖豪客们欢声雷动，正准备庆贺德高望重的萧如风续任武林盟主，这时，一条白影掠上擂台。

"天龙！"

"不，是天虎！"

"是天龙！"

擂台下议论纷纷。

"各位好汉，我是天豹！"白衣后生环揖一圈，高声说。

三百招后，在天豹那夺命追魂掌与无影神腿的凌厉攻击下，萧如风渐渐不支，最后拱手认输。天豹成为新一届武林盟主。

这是江湖豪客们所不知的，年初的一个深夜，华山密室中，萧如风对天豹面授之机宜："徒儿，为师老了，恐不久于人世。为师最担心的是阴无情那个魔头，他觊觎武林盟主之位已久。有为师在，他尚不能遂愿。倘为师不在了，他夺得武林盟主之位，号令江湖，那后果不堪设想！你是为师秘密收下的弟子，为师虽然传授给你新创的夺命追魂掌与无影神腿二大绝技，你进步亦神速，但仍未臻化境，尚不是那魔头对手。若想在中秋武林大会中胜出，须按为师之计行事……"

两支银凤钗

第九辑

素素传奇

◀ 匪道

民国年间，青枫镇多匪。大大小小的匪帮有十几绺。最大的有两绺，分别扎寨青龙山与回龙山。青龙山大当家的叫胡魁，屠户出身，生性狠毒。因与人斗殴，负了人命，便遁入青龙山落草为寇，做起杀人越货的营生。回龙山大当家的叫舒啸，行伍出身，曾参加过武昌起义。因见袁氏窃国，倒行逆施，感到报国无门，不由心灰意冷，便带着几个志同道合的弟兄离开军队，上了回龙山，啸聚绿林好汉，待机而动。

常言道，国有国法，家有家规。青枫镇的匪帮也有不成文的规矩，其中就有一条是"兔子不吃窝边草"，如有触犯，其他匪帮将群起而攻之。多年来，十几绺匪帮在本地作案之事从未发生。因此，尽管外地谈起青枫镇的匪帮无不色变，青枫镇人却并不惧匪。

那天，乔装打扮的胡魁带着几个心腹到青枫镇闲逛解闷。在裕泰茶馆里喝茶时，邻座两个茶客的对话引起了胡魁的注意。

"怡红楼新来的姑娘素素，模样真标致，那叫一个美！"

两支银凤钗

"是啊！要是能拥有素素，哪怕是倾家荡产，也心甘情愿。"

"做梦吧！人家素素可是卖艺不卖身的，就是送金山银山，也不管用！"

胡魁不动声色地听着。

一个月黑风高的夜晚，十几条蒙面大汉悄悄摸进怡红楼。为首的彪形大汉用手枪指着老鸨，厉声逼问新来的素素在哪，要带去做压寨夫人。敢说半个不字，就一把火烧了怡红楼。老鸨听那嗓音，分明是常来胡闹的青龙山匪首"鬼见愁"胡魁，不由心惊肉跳。

"好汉啊，素素和其他姑娘不同，卖艺不卖身。她性子烈，宁为玉碎，不为瓦全。前几天，镇长想霸王硬上弓，她抄起枕头下的剪刀，对准了自己的胸口。镇长怕闹出人命，只得灰头土脸地走了。"老鸨故意停下来，见胡魁不答话，接着说，"俗话说，心急吃不得热豆腐。好汉且宽容几日，让老身用好言好语去劝她，在这火坑里煎熬着终不是个事儿，跟好汉走才是正道，是八辈子修来的福哩！待火到猪头烂，她自会心甘情愿地跟好汉享福去。"

"给你三天期限！"胡魁踢了一脚老鸨，恶狠狠地说，"老家伙，别玩啥花招，到时若交不出素素，就将怡红楼化成火海！"

胡魁带着手下走后，老鸨立刻派人分头送信给各绺土匪。

三天后的深夜，二十多个蒙面大汉刚潜入黑灯瞎火的怡红楼大院，突然，楼上响起怒喝声："胡魁，你这个恶贯满盈的败类，还不缴械投降！"

胡魁一愣，旋即反应过来，朝发声处便是一梭子。怡红楼顿时枪声一片。激烈的枪声响了半个时辰，才渐渐消停。

次日，从怡红楼的大院里抬出二十多具尸体，都是青龙山的土匪，其中就有胡魁，人被打成了筛子。围观的乡亲们见了，无不拍手称快。

一个月后，素素突然从怡红楼消失，不知所终。

后来，有位采药者说，在回龙山上采药时，看见山寨里有个女人。因离得太远了，没看清那女人的模样。

据说，胡魁夜袭怡红楼的那晚，十几绺匪帮，只有舒啸领着回龙山的三十几个兄弟在怡红楼设伏。

两支银凤钗

◀ 押寨夫人

    话说回龙山大当家的舒啸拔刀相助，带手下弟兄在怡红楼设下埋伏，救了素素。那场激战，除青龙山大当家的胡魁侥幸逃脱外，其他青龙山的匪徒均被歼灭。是夜，素素跟着舒啸上了回龙山。三日后，舒啸就与素素在回龙山的大寨里举行了盛大的婚礼。素素摇身一变，由怡红楼倚门卖笑的花魁变成回龙山大当家舒啸的押寨夫人。

    大婚后，舒啸与素素十分恩爱。回龙山的飞来峰上、回龙溪边、卧虎石旁、歪脖子古松下，都留下过他们你侬我侬的身影。舒啸爱吟诗明志，抒泄心中的块磊，他吟得最多的是岳飞的《满江红》。素素明白曾经参加过武昌起义的丈夫内心深处那报国无门的苦闷。每当舒啸吟诗，素素便弹起琵琶伴奏，琵琶之声多慷慨悲烈。

    那天，他们坐在飞来峰上赏景，舒啸突然深情地望着素素，说："我们每天都在刀尖上讨生活，你现在是押寨夫人了，得学点本领，

第九辑　素素传奇

181

以便防身。素素啊，我不能没有你！"素素"嗯"了一声，重重地点了点头。只要不带兄弟们去外地劫富济贫，舒啸都会带着素素到飞来峰下练枪。素素冰雪聪明，进步神速。半年后，枪法已不在舒啸之下，百步穿杨，指哪打哪，无不中的。

一天，练完枪后，倚在舒啸怀中的素素忽然幽幽地对丈夫说："我，我有了。"舒啸一愣，旋即抱起素素，兴奋地向天长啸。

"咱们的孩子出生后，取个什么名字好呢？"素素说。

"若是女孩，用咱们的姓便可——舒林，让她跟你学琴棋书画。"舒啸凝视着远方的天空，接着说，"若是男孩，就叫舒建国。方今天下，袁贼虽死，然军阀混战，民不聊生，我希望儿子能有所作为。"

"等咱们的孩子长大些，"素素望着丈夫，说，"咱们送他去省城读书吧，像你当年一样。"

舒啸点点头。

八年后，素素带着儿子舒建国去省城洋学堂读书。素素留在省城，在一偏僻处置下一座院落，隐姓埋名，陪儿子读书。每个月，舒啸都会潜入省城探望素素与儿子。

一天深夜，一灰衣人匆匆闪入素素所住的院落。三更时，一脸悲戚的素素赶到了一座豪宅，将舒建国托付给舒啸的一位结义兄弟。他们当年都参加过武昌起义，在枪林弹雨中，舒啸曾救过那位结义兄弟的命。离开豪宅后，素素便与灰衣人快马加鞭地向青枫镇疾驰。

翌日黄昏，素素回到了回龙山。大寨已被烧毁，地上躺着众多兄弟们的尸体，头颅都被割掉，惨不忍睹。在一块巨石边，素素终于找到了丈夫的无首尸体。空气仿佛凝滞了似的，死一般的静。突然，素素向天连发数枪，厉声凄号："胡魁，我要将你剥皮抽筋！"

话说胡魁那次逃脱后，青龙山是呆不下去了。他便逃到外地，依旧落草为寇。常言道，强龙难压地头蛇，胡魁被本土匪帮死死扼制，终究未成气候。后来，他率几个手下投奔了一个地方军阀。在一次激战中，胡魁为救军阀奋不顾身，军阀悦之，将其擢为连长。手下有兵后，胡魁便想报当年之仇。只因青枫镇被另一军阀控制，才未能遂意。民国十四年的秋天，终于从另一军阀手中夺得青枫镇后，胡魁主动请命，去青枫镇驻防。来青枫镇之前，胡魁派人乔装成做山货生意的商人，潜入青枫镇，刺探回龙山虚实。在一个月黑风高之夜，胡魁亲率部下突袭回龙山……

三个月后，胡魁死了。胡魁死在青枫镇怡红楼花魁春香的沉香阁里，也被枭首。胡魁胸中一弹。在沉香阁外，躺着五个兵丁，均是胸口中弹，一枪毙命。

不久，回龙山上又出现了匪帮，为首的是一位蒙面的素衣女子。

◀ 绝杀

　　素素在怡红楼亲手击毙了杀夫仇人胡魁后，从省城到偏僻乡镇，到处都张贴着通缉她的告示。为了不暴露在省城读书的儿子舒建国，素素没有回省城，而是带着几个亲信悄悄潜入山高林密的回龙山蛰伏，只待风头过去，重振旗鼓。

　　三个月后，边城青枫镇这个兵家必争之地又被新的军阀攻占。在青枫镇，轰动一时的胡魁被刺案再也无人问津了。素素见时机已到，便与几个亲信在回龙山的老寨重树替天行道之帜。那些被胡魁打散了的弟兄们闻风而动，从各自潜伏之处络绎赶来。不几日，回龙山老寨里便啸聚了二十多号人马。这些与大当家舒啸出生入死的弟兄们，一致推举押寨夫人素素为大当家的。

　　当是时，边城青枫镇的匪帮有七绺，最大的一绺是落鹞寨的张大麻子，有百十号人马。世上没有不透风的墙，素素在回龙山再起炉灶的消息早有线报传给张大麻子。张大麻子欺素素是一介女流，打定主意，要吞掉回龙山匪帮，同时，或许还能将素素纳为押寨夫人。自从二个月前押寨夫人玉莲难产死后，张大麻子便有了再找个押寨夫人的心思。张大麻子早就对美貌惊人的素素垂涎三尺，当年，因有英勇善战的舒啸在，他不敢打歪主意。此时下手，正当其时。虽然素素已徐娘半老，但风韵应该犹存的。

张大麻子决定软硬兼施。他让狗头军师阴刁带着几个喽罗携重礼上回龙山，向素素提亲，欲结秦晋之好。自己则率领手下喽罗在回龙山的山口安营扎寨，摇旗呐喊，磨刀霍霍。

弟兄们听说张大麻子欺上门来，个个气红了眼，纷纷抄着家伙来找素素，鼓噪着要与张大麻子决一死战。素素一脸镇静地将为首的几位弟兄邀进密室，商议对策。

阴刁对素素说，张寨主多年来对她寤寐思服，只因有舒大当家的在，且张寨主与舒大当家的又是兄弟，俗话说，朋友妻，不可欺，张寨主只能将爱慕之心深藏。而今，舒大当家的不幸仙去了，张寨主对她的一腔情意如决堤之水，汩汩滔滔……素素被阴刁的一番话感动得流下了眼泪。阴刁没有想到事情会这么顺利，欣然回去复命。

一个月后，张大麻子派阴刁带着迎亲队伍上了回龙山。弟兄们纷纷要求亲自送林大当家的去落鹞寨。阴刁满脸笑意地走到他们跟前，发给他们每人一根金条，未了，抱抱拳，朗声说："今日张寨主与林大当家的喜结良缘，本该邀请弟兄们上落鹞寨，只因落鹞寨地方太小，来贺的贵客多……择日定当邀请各位弟兄们上落鹞寨作客。"

望着盛妆的大当家素素登上了花轿，这些从不流泪的一干兄弟们无不潸然落泪。

张大麻子听说素素只身前来，欣喜若狂，不由哈哈大笑。他心中的那块石头终于落了地。他让人招来副寨主耿通，耳语几句，耿通点头而去。

掌灯时分，迎亲的队伍进了落鹄寨。张大麻子带着手下喽罗与来贺的其他五绺匪帮的匪首在寨门口迎接。看着戴着大红盖头的素素被人扶着，袅袅婷婷地走下花轿，张大麻子的心都醉了。

盛大的婚宴上，主宾山吃海喝，欢声雷动。直到子夜时分，婚宴才渐渐消歇。喝得醉醺醺的张大麻子踉踉跄跄着步子撞进洞房。

翌日，日上三竿。张大麻子与素素还未起床。聚在议事厅里等待点卯的众喽罗窃窃私语，打趣寨主不爱江山爱美人哩！日上中天，张大麻子仍未走出洞房。这是从未有过的事。二年前，张大麻子将如花似玉的黄花闺女玉莲收为押寨夫人时，都没有耽搁升寨点卯的。张大麻子立的寨规中，就有一条：无论是谁，早晨都务必参与升寨点卯，否则，杀无赦！曾有一喽罗因误了点卯而被处死的。

副寨主耿通与狗头军师阴刁对了下眼色，二人匆匆赶往洞房。洞房的门虽然紧闭着，但一扇窗却半开着。为了安全，张大麻子就寝，从不开窗，这是众所周知的。耿通与阴刁暗道不好，悄悄踅到窗边，只见张大麻子已横死在室内的地上，胸口插着一柄寒光闪闪的匕首！

◀ 去势
·············

　　边城县治所在地青枫镇，提起财大气粗的张老财，无人不知。张老财是青枫镇的首富。其财富究竟有多少，无人知晓。不过，据说，即使在省里，也是排得上号的。地方官上任，都要先去张府拜望张老财。坐落在青枫镇东南角的张府，由八百间房组成，外筑二丈高的围墙，均以青石砌就。张府的家丁，有三十多位，个个持着洋枪，日夜巡逻，看家护院。

　　张老财原是大军阀吴佩孚手下的一个师长，北伐战争中，他的军队被革命军击溃。他不敢回去见吴佩孚，带着多年搜刮来的金银财宝悄悄回乡，做起了水陆生意。很快，他掌控了青枫镇及周边地区的水陆贸易。仅他的那支船队，就有大大小小五十多条船，上抵武汉，下达上海。张府大门旁边有副对联："生意兴隆通四海，财源茂盛达三江。"诚不虚也！

　　张老财不同于一般土财主，对于修桥筑路，捐资助学之类，均积极响应，每次贡献均不菲。这方面，颇得乡人称道。不过，张老财好色成性，为乡人侧目。除了正妻，他的小老婆已达十五位了，这个数字还会不断增长的。他的小老婆里，有青楼女子，有大家闺秀，有小家碧玉，有上过洋学堂的学生……总之，但凡被张老财看中的女子，他总要软硬兼施千方百计地纳入房中。

民国二十二年元宵的那天晚上，华灯初上，张老财便一如往年，在一帮家丁的簇拥下，兴兴头头地去街上看花灯。其实，看花灯只是个由头，他的真正用心是猎色。元宵看花灯，是青枫镇的习俗。平时不怎么抛头露面的大姑娘小媳妇们，都打扮得花枝招展地上街看花灯。在熙熙攘攘的大街上，那些妖娆的大姑娘小媳妇们，分外惹眼。

张老财一行人五人六地走在大街上，如猎狗般，四处张望。忽然，一个家丁悄悄附到张老财耳边，指着人流中的两个绿衣女孩，低声说："老爷，左边穿绿衣的那个女孩，我刚刚照过面的，真是女中之凤啊！右边的那个，也清秀可人的。"张老财一听，喜上眉梢，朝众家丁使了一个眼色，家丁们心领神会，都悄悄地跟上去，分散在那两个女孩身边。那两个女孩似有察觉，加快了脚步。家丁们紧追不舍，那两个女孩慌乱中走进了一条死胡同，她们一看情况不妙，正要呼救时，如狼似虎的家丁们一拥而上，将两个女孩死死按住，嘴里塞上棉絮，装进两个布袋里，让两个壮硕的家丁扛着，匆匆离去。俗话说，若叫人不知，除非己莫为。这一切都被躲藏在巷口外那棵老樟树后的一个老丐看在眼里。老丐其实不是乞丐，行乞只是掩护，真正身份是回龙山匪帮的眼线。

张老财做梦也没有想到，他的这次猎色，会惹来杀身之祸。

你道那两个绿衣女孩是谁？她们不是别人，正是威名远扬的回龙山女匪首素素的贴身丫头美美与丽丽。她们名为素素丫头，实为素素义女。素素对她们宠爱有加。平时，她们都是携枪的，寸步不离素素左右。她们一时兴起，相约下山去看花灯，便苦央义母，素素经不住她们苦缠，终于应允了。素素怕她们被人识破，不准她们携枪下山。谁知，这一好心却结出了苦果。

子夜时分，当素素接到线报，得知自己的两位心爱义女遭张老财劫色时，立刻率领十五位神枪手，人含草，马衔枚，快马加鞭地向青枫镇上疾驰。

鸡叫三更，青枫镇人被张府那边传来的激烈枪声惊醒。

翌日，青枫镇人纷纷传言，张府昨晚被一伙不明身份的匪帮攻破。张老财那些看家护院的家丁们，非死即伤。还有人神秘地说，张老财倒没有被杀死，只是被阉了哩！对这个说法，人们都将信将疑。

◀ 奇袭

在张府元宵夜遭到匪袭的次日黄昏，一顶小轿从侧门抬进了张府。轿里坐的是青枫镇专治跌打损伤的中医世家第三代传人柳云逸。柳云逸的祖父曾是前清宫廷御医。青枫镇人更加确信张老财被匪帮阄了的传言。

两个月后的一天早晨，天刚蒙蒙亮，有人看到张府的侧门突然打开，从里面伸出一个脑袋，机警地朝周围看了看，没有发现什么可疑之处后，便走出门，朝门内说了些什么，接着门里走出七八个人，其中就有张老财。才两个月，张老财竟然头发斑白了！他拄着那根从不离手的文明杖，急急钻进一顶遮着厚厚帷布的大轿里。一行人抬着轿匆匆上路……张老财鬼鬼祟祟地离开张府，是要到什么地方去呢？一时成了青枫镇人私议的话题。

不久，有从省城回来的人说，在省城迎面遇到张老财的家丁，那家丁看见了他，怔了一下，竟然转身向另一方向疾走。人们于是纷传张老财恐怕是倒省里去治病哩。不过，那病是根本治不好的呀，说的人一脸坏笑，听的人也都心照不宣地笑着。

其实，张老财不是去省里治病。名医柳云逸绝非徒有其名之辈，他已将张老财的伤口治痊了。虽然张老财成了废人，但命毕竟保住了。保住了命的张老财发誓要复仇，哪怕耗尽万贯家财！他暗中派人调查，得知对自己下手的是回龙山的匪帮。他知道，凭自己的家丁与青枫镇警察局的那几杆破枪，根本不是回龙山匪帮的对手。既然不能硬碰硬，就得另想复仇之策。他曾听说回龙山女匪首素素有个儿子的，便决定从她儿子的身上开刀，给这个女匪首致命一击。只是，不知其子现在身在何处。于是，他让人密查素素之子的消息。终于，从一个在省城读书的富商之子口中，知悉素素之子舒建国也在省城读书的消息。张老财大喜，一个恶毒的计划在心头闪过。

一日，舒建国放学归来，在一僻静处，突然蹿出两条彪形大汉……

得知儿子在省城被人绑架，绑架者要素素在五天之内带二十万银票，只身亲赴省城东南郊的那座关帝庙赎儿子，否则将杀死其子。素素脑海里立刻浮现出张老财的面影，凭直觉，她断定这是张老财下的毒手。她后悔当初没有将这只阴险毒辣的老狐狸处死。素素清楚，等待她的是一张网！

经过一夜的思考，她答应了绑架者的条件。不过，她提出二十万银票一时难以筹集，必须在青枫镇多呆几日，以便筹集这巨额赎款，请对方容她在十日之内来省城赎人。对方答应了。

当夜，素素便男扮女装，带着几个得力亲信悄悄下山，抄小

第九辑　素素传奇

路快马扬鞭地向省城方向疾驰……

第三天的深夜，省城东南郊的那座关帝庙突然枪声乍起。很快又恢复了平静。

次日，从关帝庙里抬出九具尸体，是张老财与他的八个家丁。张老财的身体被打成了蜂窝。八个家丁，均是一枪毙命。细心者发现八个家丁的枪都未打开保险。

两支银凤钗

◀ 空城计

　　民国二十八年的秋天，一个秋风萧瑟的日子，日寇的一个中队气势汹汹地进犯边城青枫镇。青枫镇原本驻扎着国军的一个营，有 300 号人马的，可是营长马大炮却带着部下弃城逃跑。日寇不费一枪一弹，便占领了青枫镇。

　　日寇盘踞在青枫镇后，烧杀淫掠，无恶不作，百姓无不恨之入骨。为了搜刮粮草，中队长松井右二派出多支小分队下乡。让日寇没有想到的是，那些清乡的小分队经常遭到伏击，死伤惨重。松井右二非常恼怒，声色俱厉地命令手下务必速速查清伏击者的来头。

　　在汉奸牛二的告密下，松井右二知道了自己的对手是回龙山的绿林好汉。当牛二绘声绘色地向松井右二介绍回龙山的绿林好汉如何了得时，松井右二挥舞着军刀，厉声喝斥："小小土匪，何足挂齿！我大日本武士，不费吹灰之力，便可踏平匪穴！"

　　次日，正是旧历八月十五，夜幕深垂时，松井右二留下一个小队守城，亲自率领两个小队百余号人马悄悄摸出城，向六十里外的回龙山疾行，准备实施突袭，打对手一个措手不及。

松井右二万万没有想到，他们全副武装偷偷出城的反常举动，都被一个老丐看在眼里。老丐是回龙山的眼线，专门负责监视日寇动向。老丐当即飞鸽传书，向大当家的素素传递日寇两个小队来偷袭的消息。

鸡叫三更时，日寇偷偷摸上了回龙山。沿路竟然没有遭遇任何抵抗。日寇大喜，直扑回龙山老寨。当他们抵达老寨时，傻眼了，老寨里静悄悄的，空无一人！松井右二暗道不好，心知中了埋伏，急令两个小队分散开来，就地卧倒，准备作战。

时间一分钟一分钟的过去，却并无任何动静。正当神经紧绷的日寇们准备松口气时，突然，从青枫镇方向隐隐传来激烈的枪声。松井右二脸色大变，急忙集中人马，率着两个小队向下山狂奔。离开老寨时，气急败坏的松井右二令人火烧老寨。

当松井右二杀气腾腾地扑回青枫镇时，留守的那支小队的 54 个日寇已被全歼了！